Royal Kiss Label

青年貴族に愛されて、妖しの異界で姫君になる。

上原ありあ

JN210679

この物語はフィクションであり、実在の人物・団体・事件等とは、いっさい関係ありません。

千冬
異世界で戸惑う清花を、
見守ってくれる上流貴族。
北沢清花
天涯孤独の女子高生。
異世界に飛ばされ、
人魚の姫と呼ばれて過ごすこ
青年貴族に愛されて、
妖しの異界で姫君にな
人物紹介

イラスト・ODEKO

目次

人は地に満ち、戦は止まず。

八百万神《やおよろずのかみ》、穢《けが》れ尽くし山河捨て、常永久の国冥府伊勢へと去り賜。

人は国荒らす腐種。人と交わりし神、高天原《たかまがはら》に墜とす理《ことわり》。

姫神天照、人の子宿し高天原に捨て置かれ、幾年月。

再び姫神ひとり高天原に流されり。人と交わり、子を産したこと大神の怒り触れ、呪《じゅ》を深く刻まれり。

――時を経て、地を隔ても呪は我を追うだろう。道筋を辿り咎《とが》を知る迄。

1

「ただいまぁ」

……って言っても、誰も返事をしてくれない。

あたし、北沢清花《きたざわきよか》は真っ暗な玄関でローファーを脱ぎながら照明のスイッチを入れた。

いいかげん、慣れなくちゃいけないんだけどな……。

そんなことを思いながら、明るくなった玄関から真っ暗な居間へ行く。照明を点《つ》けて、誰もいないがらんとした部屋の中を見回した。

はぁ、とため息が出て、慌てて首を振る。

いけない、気を抜くとすぐに暗くなっちゃう。

ソファに学校のカバンを放り投げ、駅から歩いてうちに帰ってくる間に、すっかり冷たくなってしまった両手を頬に押し当てる。

その手でセーラー服の肩にかかった髪を払おうとして、空振りするみたいに指が髪の先端に触れた。

春、高校に入学した時には腰まであったあたしの長い髪は、今は肩に触れるギリギリの長さしかない。

これも、慣れなくちゃいけないことの一つ、か。

ぼんやりと考えながら、あたしは居間と続きになっている和室に入った。

真新しい、ぴかぴかの金の装飾のついた立派な仏壇の前にきちんと正座する。ぽん、と両手をあわせて頭を下げた。

「お父さん、お母さん、ただいま！」

わざと元気に言ってみる。

お父さんとお母さんの「お帰り、今日はどうだった？」って聞いてくれていた声が、今も耳に残っている。

うん、あたしは元気だよ。

お父さんとお母さんに、胸の中だけで返事をする。

お線香を取り、マッチを擦って火を移す。ちり、と芯が赤くなって煙が立ち上がってきたところでお線香立てに差した。

もう一回ぽんと両手をあわせてから、勢いをつけて立ち上がる。

まず手を洗って、ご飯の準備して……。

ああ、ちょっと面倒。コンビニでいいかな……って、やっぱダメだって！　お母さんコンビニご飯嫌いだったし。

一人でぐるぐる考えながら洗面所に向かう。その間も、台所廊下洗面所と、行く先々で照明を点けまくる。

電気代、もったいないよね。でも、一人きりで暗い家にいるのが嫌なんだもん。

あたしが灯りを点けなくちゃ、この家は暗闇のまま。お父さんとお母さんがいっぺんに亡くなった、あの日からずっと――。


目の前にあったのは、真っ黒なアスファルト。

体が自分のものじゃないみたいに動かない。凄く近くでごうごうと炎が燃える怖い音がして、ガソリンの臭いがする。

お父さん、お母さん！　って叫ぼうとしたけど、上手く声が出ない。胸が苦しくて息が出来ない、熱い。自分の髪が焦げている嫌な匂いがしはじめる。

今日はあたしの高校の入学式。

専業主婦のお母さんはともかく、お父さんまで会社休んで来てくれなくたっていいっていったのに「一人娘の入学式に出席しないでどうする」って、二人揃って入学式に出席して。お祝いだからって、ちょっといいレストランに行って。

帰り道の首都高速道路、――お父さんが運転していた車が……目の前にカーブしている首都高速の灰色の壁が――！

「……お父さん、お母さんっ」

必死で気力を振り絞り、顔を上げて振り返ったあたしは、凄い音をたてて燃えている車の残骸を見た。

真っ赤な炎が首都高速道路の壁に立ち上がる。ゆらりと細長い形になったとき、ぽきん、と枝が折れるみたいにあたしは意識を失った。

次に気が付いた時に見たのは、真っ白な天井だった。

どこ、ここ……？

ぼんやりそう思った時、白衣を着た女の人があたしの顔を覗き込んで、「良かった！　意識が戻ったんですね！」っていった。

意識が戻ったってなに？　あたしはいったい……。お父さんとお母さんは？

よく理解出来なくて、さっきの女の人を捕まえて聞きたかったけれど。あたしの体は、点滴のチューブでベッドに繋がれていて動けない。

その後、また意識がぼんやりとしてしまって……。

次に気がついたのは、あたしの意識が戻ったって聞いて病院に駆けつけてきた叔父さんと叔母さんに、『悲しみの入学式』って見出しの付いた新聞記事を見せられた時だった。

少し湿った新聞紙の手触りと、紙の匂いを今でもはっきり覚えてる。

半年前の新聞だっていわれて受け取った、その記事にはこんな文字が並んでいた。

北沢和史（四十八歳、会社社長）妻、佐智子（四十六歳）即死。首都高速道路を走行中、ガードレールに接触横転、同乗していた長女（十五歳）は、意識不明の重体。なお、この日は長女の高校の入学式だった。

新聞紙を握り締めて記事を読んでいたあたしのベッドの横で、叔父さんと叔母さんが揃って悲しそうな顔をした。

そして、「親のお葬式に出られないのはかわいそうだけど。いつまでも式を先延ばしにするわけにはいかなかったから」っていった。

あたしが病院で意識を無くしている間に、お父さんとお母さんのお葬式は終わっちゃってたんだ。

叔父さんと叔母さんは、気の毒そうな顔をしてこうもいった。

「清花ちゃん。お父さんが持っていた、うちの会社の自社株は手放したらどうだろう。未成年の清花ちゃんが持っていても管理に困るだけだし。実の娘でもないのに、うちみたいな古い同族会社を継ぎたくないだろう？　生活していくのに十分な貯金と自宅は手元に残しておけるよ。でも、自社株だけはね……」

お父さんが社長をしていた会社の役員は、叔父さんと叔母さん達だ。

あたしがお父さんから相続することになる自社株について、叔父さんと叔母さん達はいろいろ思うところがあったみたい。

そうだよね、あたしはお父さんとお母さんの本当の子供じゃないんだもん。

あたしは、赤ちゃんのときこの家にもらわれてきた子。いつか本当のお母さんが迎えに来るよ、っていわれ続けて育った子。

あたしは何度も、本当の親なんかいらない、お父さんとお母さんがいればいいっていったけれど、お父さんとお母さんは優しく笑っていったんだ。

「でもね、清花。人は本当の自分から逃れることは出来ないんだよ」

って……。

いらないよ、本当の親も、お父さんの会社の持ち株も全部。

お父さんとお母さんが側にいてくれたら、それで良かったのに……！

一人っきりの自宅の洗面所で、あたしは蛇口を捻りながら目の前の鏡を見つめた。

頑張って合格した有名女子校といわれている高校の制服は、古風な紺のセーラー服だ。胸元で臙脂《えんじ》色のリボンを結んで、袖に月桂樹を象《かたど》った校章の刺繍が入ってる。

洗面所のオレンジ色の照明の下、ぼんやりとした顔で映っている女子高校生が一瞬、誰かわからなくなる。

すぐに気を取り直して、「なにしてんの、あたしは」って呟いた。

蛇口からざあざあと流れ出している水に両手を浸し、濡れた手で肩にかかるくらいの長さしかない髪をなでつける。

事故で焦げてしまって、短くした髪が元通り腰までの長さになるのは何年くらいかかるんだろう。

――どうして、あたしだけ生き残ってしまったの？

考えないようにしていることが、ふっと胸の中に浮かび上がる。

事故後、半年間意識不明だったあたしは、意識を取り戻した後は重大な異常も見つからなくて、順調に回復してしまった。

そして、父さんも母さんもいない、真っ暗なこの家に一人で帰ってきて、毎日学校に通っている。

あたしは鏡の中の自分を見ていられなくて、振り切るみたいに鏡に背を向けた。

早足で居間に駆け戻り、線香の煙がたなびく仏壇の下の引き出しに手をかける。

袱紗《ふくさ》やロウソクなんかが納まっている引き出しの奥から、朱色の絹布にくるまれている包みを取り出した。

「お父さん、お母さん……」

和室の中に、あたしの声だけ空しく響く。

微かに震える指で朱色の絹布を開き、包まれていたものを畳の上に落とした。

それは、美術品のように美しい懐剣だった。

鞘《さや》は艶やかな黒漆、その上に桜を象った螺鈿《らでん》が刻まれている。

柄は白皮が巻かれていて、古いものであるはずなのに今さっき細工が仕上がったばかりのような初々しさがある。

あたしはそれを両手で掴んで、鞘からそっと短刀を抜いた。

居間の薄暗がりの中、刃の上に浮かぶ刃紋が白く波打つ。

――すうっと頭の中に霞《かすみ》がかかる。

中学に入学した時、お父さんとお母さんが、はじめてこの懐剣を見せてくれた。その時から、そうだった。

この懐剣を鞘から抜くと、なんだか頭の中に霞がかかったように、ぼんやりとしてしまうんだ。

だからあたしは、お父さんにはじめてこの懐剣を見せられた時、なにもいえなかった。

お父さんは、黙り込んでいるあたしに、こういった。

「これは、清花の本当のお母さんが持っていたものだ。清花の守り刀にして欲しいといって、私達夫婦に託したんだよ」

「こんなもの……っ」

あたしは全身の力を込めて懐剣の柄を握った。

この懐剣は捨ててしまおう。

万が一、実の親という人があたしに会いに来たって、懐剣なんか知らないっていってやればいい。

あたしの両親は、死んでしまったお父さんとお母さんだけだ。

実の子供じゃないのに、いっぱい愛情をかけてくれたお父さんとお母さんだけでいい。見たことも無い本当の親なんかいらない。

強く、強くそう思うのに。あたしは何故か懐剣を離せなかった。

こんなものいらない、捨てようと思う側から、離しちゃダメだってあたしの中で誰かの声が響くような気さえする。

この声は、いったい誰なの？

あたしは、どうすればいいの？

その時、ざわ、と庭の木々が風に揺れる音が聞こえた。

あたしは、はっと意識が戻ったように瞬きをした。

懐剣をそっと鞘に戻して、大きく息をつく。それを握ったまま立ち上がり、まだカーテンを閉めていない窓際に行った。

そう広くないけど、うちの庭は立派な木が茂っている。お母さんが毎日、手入れしていた庭を、これからはあたしが一人で守っていくんだ。

出来るかな……あたしに……。

心細さが込み上げてきたけど、首を振ってその気持ちを振り払う。

お母さんの庭の木々や草花を見ておきたくて、窓枠に手をかけて窓を開いた。

その瞬間、強い風が室内に吹き込んできた。

思わず目を閉じ、顔の前に手をかざして風を避けたあたしの耳に、ふと、知らない声が届いた。

「――――清花」

凛とした女の子の声が、あたしの名を呼ぶ。

驚いて目を上げたあたしは、庭に一人の女の子が立っている姿を見た。大きな楓の樹の下に、あたしの高校の制服を着た髪の長い女の子がいる。

学校では見たことがない……、いや、それよりも彼女の顔だ。あたしに、とても似ているんじゃないだろうか。

あたしは訝《いぶか》しみながらも、女の子の顔をよく見ようと目を凝らした。

「誰……？　同じ学校の子だよね、なんでうちの庭にいるの」

彼女が、あたしを見据えながら訝しげに眉をひそめた。

「おまえには、私がおまえと同じ衣を着ているように見えるのか」

彼女の口元に、人を莫迦《ばか》にするような笑みが浮かんでいる。

何だか怖くなって、あたしは慌てて窓枠に手を掛けた。そのまま思い切り窓を閉める。

突然、手に痺《しび》れるような痛みが走った。

片手で手を押さえ、閉まりきらなかった窓枠を見下ろす。思わず息をのんだ。

薄暗がりの中でも、浮かび上がるように見える白皮を巻いた懐剣の柄。そして、鞘に施された桜の花の象眼細工。

窓枠と桟の間に押し込まれ、窓が閉まるのを止めたのは、あたしが持っているのとまったく同じ形をした懐剣だった。

あたしは片手に握ったままだった自分の懐剣と、窓に挟まっている懐剣を見比べる。見れば見るほど、そっくりだ。

懐剣を押し込まれたせいで締まり切らなかった窓枠に、外から細い指がかかる。すっと引き開けられた窓から、さらに強い風が吹き込んできた。

彼女が懐剣をゆっくりと取り上げて胸に抱く。

それに傷がついてないか確かめるように、丁寧に指でなぞった。

「さすがに、この程度では傷つかぬらしい。……しかし、形見を乱暴に扱うと気が咎めるものだな」

「形見……？　なんであなたが、あたしと同じ懐剣を……」

言いたいことが上手くまとまらない。

唇を押さえ、言葉を見つけようとしたけどダメだ。

女の子が片手に懐剣を抱き、もう一方の手をあたしに向かって差し伸べる。

強い風を背にして立つ彼女の長い髪が蛇のようにうねり、制服のスカートが風をはらんで大きく膨らんだ。

何処か遠くを見るような目で、女の子が薄く微笑む。

「清花、私と共に世保平坂湖《よもつひらさかのうみ》を渡り、都に帰ることを許そう。十分に殺したおまえなら、もう殺しはせぬだろう」

「殺し……？」

頭の中に浮かんだのは、真っ黒なアスファルトと焼け焦げた髪の嫌な匂いだ。そして激しく燃える車の影。

あたしは慌てて首を横に振った。

お父さんとお母さんは、あたしが殺したわけじゃない。あれは事故だ。あたしだけ生き残ってしまったのは偶然だ。

そう思おうとしても、いつも胸の中でもう一つの声がする。

あの日、三人で車に乗らなければ事故に遭わずに済んだ。あたしのせいだ。お父さんとお母さんが死んでしまったのは、あたしのせいなんだ。

「……そう、おまえのせいだ。清花」

あたしの心を読んだかのように、庭に立つ女の子が微笑む。あたしは懐剣を胸の上で握り締めた。

「あなたが、なにを知ってるっていうのよ！」

叫ぶあたしの声を、庭を渡ってゆく風がかき消す。

開け放した窓から、水の匂いがする風が渦巻きながら吹き込んでくる。

あたしは風で乱れた前髪を押さえ、腕で顔をかばいながら庭に立つ女の子を見た。

彼女の長い髪が、風をはらんで細長い束のようになって舞い上がる。彼女が胸に抱いた懐剣が、微かに光を放ちはじめた。

なんで懐剣が光っているの!?

そう思ったとき、鈴が鳴るような音がした。

ぽうっと胸のあたりが暖かくなる。

とっさにうつむいたあたしは、胸に抱いているあたしの懐剣も彼女のものと同じように光っているのを見た。

二つの懐剣が、共鳴するかのように鳴りはじめる。

「なんで……！」

思わず目を上げたあたしは、ぱっと閃光するようにして目の前に広がった光景に息をのんだ。

信じられない思いで、目をみはる。

――あたり一面、光り輝く水面だ。

遠くにゆるやかな山脈と空を従え、萌える緑の木々にぐるりと囲まれた大きな湖の上に、浮かぶようにしてあたしは立っていた。

強い風が湖を吹き抜け、足元の水面がざわりと波立つ。

「清花、この地で成すべきことをするのです」

激しい風の音と共に、女の子の声が聞こえた。

あたしの家で、窓越しに対峙していたはずの女の子が、今、あたしと同じように湖の上に立っている。

身につけていたはずの彼女の制服は消え、裸の手足に鱗《うろこ》のように湖の煌《きらめ》きを浮かび上がらせながら、懐剣だけを胸に抱いて立っていたのだ。

「そんなの……っ……」

思わず呟いた瞬間、あたしも制服を着ていないことに気付いた。

彼女と同じように裸で湖の上に立っている。手足に映る鱗のような光も、胸に抱いた懐剣も、鏡に映したようにまったく同じ……。

その瞬間、がくんと体が揺れた。

息をのむ間も無く、あたしの体は湖に落ちた。

痛いほど冷たい水の感触に、ぎゅっと心臓が縮み上がる。

助けて、といいかけた唇に、どっと湖水が流れ込む。あっという間に湖水に沈んだ体から、細かな泡が水面に向かって上がっていく。

なんとかして水から顔を出そうともがけばもがくほど、体は水に絡め取られるように重く沈んでいった。

どうしようもない恐怖が体を固くさせ、頭が絞られるように痛み出す。

――もうダメだ。

そう思った瞬間、強い力で手首を掴まれた。

大きな水音と共に、湖面に引っ張り上げられる。

「大丈夫か!?」

耳元で若い男が怒鳴るように問いかけてくる。あたしはうなずくことも出来ずに、彼の肩にすがって咳《せ》き込んだ。

「おい、しっかりしろ！」

力強い腕が、あたしの体を引き寄せた。

「すぐに岸に着く。俺に掴まっていろ」

あたしは霞む目を上げて、あたしを助けてくれた人が力強く泳ぐ姿を見た。彼が着ている見慣れない衣の長い袖が湖面に広がる。

意識が朦朧《もうろう》としたまま、必死で彼の肩に縋《すが》る。

そうしていても時々、手から力が抜けそうになるあたしの体を、彼がしっかりと支えてくれる。

水をかき分けていく音と、あたりの木々の葉擦れの音が、水のたまった耳の奥で反響している。

剥き出しの肩や腕に差す日の光は熱いほどなのに、体の芯からくる震えが止まらず、意識が遠のきそうだ。

水際までたどり着き、乾いた砂の上に引き上げてもらった瞬間、がくっと膝が砕けた。そのまま砂の上に倒れ込んでしまう。

あたしを助けてくれた人が、ここで待っていろ、といってどこかに駆けて行く。

どんどん薄れていく意識の中で、馬の嘶《いなな》きを聞いた。砂の上に押しつけた耳から、抜けきっていない水がしみ出してゆく。

あたしは震える腕で、懐剣をきつく抱きしめた。

――ここは、いったい……。

閉じた瞼《まぶた》の裏に、瞬く湖面の光を裸の体に鱗のように映していた、髪の長い女の子の姿が浮かび上がる。

荒い足音が近づいてくる。「大丈夫か」という声は、あたしを助けてくれた男の人のものだ。乾いた布が、あたしの体の上にふわりと掛けられた。

そうだ、裸であたしは――。

悪い夢なら醒《さ》めて……と思った時、あたしはふっと気を失った。

2

「ずいぶんと珍しい拾いものをされましたのねぇ、千冬《ちふゆ》様」

楽しそうに笑う、小さな女の子の声がする。

ここ、どこ……？　と、ぼんやりとした頭の隅で思う。体の上に掛けられている、柔らかく甘い香りのする布に手を掛ける。

あら、とささやく女の子の声が聞こえた。

「人魚の姫君、お目覚めになったのかしら？」

女の子が謡《うた》うような節をつけていう。

あたしは、言葉の意味がわからないまま、なんだかひどく重く感じる体を、意思の力で無理矢理引き起こした。

ずきん、と、刺し込むように頭が痛い。

思わずこめかみに手をあてると、腕からするりと色鮮やかな布が滑り落ちた。

はっと息をのんで、自分の姿を見下ろす。

あたしは、たっぷりと綿が入った錦の布団に座っていた。

緋色の袴と、淡い黄緑色と紋様の浮き上がった着物を数枚重ねた、ずっしりと重いものを着ている。

まるで平安時代みたい……。

そう思いながら見渡した部屋の中も、歴史や古典の教科書で見た、平安時代の様子によく似ている。

きれいな布で飾られたすだれのようなものは、多分、御簾《みす》というものだ。うっすらと外が透けて見える御簾の向こうには、低い欄干《らんかん》のついた外廊下が見える。

部屋の中には、金箔が張られた豪華な屏風《びょうぶ》や襖《ふすま》があった。

木枠に色とりどりの布を掛けてあるのは、部屋を仕切るときに使う、几帳というものかもしれない。

「まぁ、どうしたの。わたくしの邸はそれほど珍しいかしら？　人魚の姫君」

楽しげにいう声に、慌てて振り返る。

あたしが寝かされていた布団の横に、薄紫と山吹色の色鮮やかな着物を重ね、その上から銀鼠色の袈裟《けさ》を斜めに掛けた、十歳前後の女の子が座っていた。

扇で口元を隠し、肩のあたりで切りそろえた黒髪を揺らしてくすくすと笑う。

彼女が御簾のほうを振り返り、幼く可愛い外見に似合わない、ひどく落ち着いた声で「千冬様」と呼んだ。

「あなたは時々、珍しいものを持ってきてくださいますけど。こんなに愛らしい人魚の姫君を連れてきてくださったのは、はじめてね」

「菊理《きくり》の宮様にそういわれると、私も立つ瀬がありませんね」

御簾を隔てた外廊下で、欄干に背を預けて座っている人が、笑い含みの声でいった。その声に聞き覚えがある。

あたしは反射的に立ち上がろうとして、裾引きの袴を踏んでしまった。つまづいて転びそうになり、慌てて袴をぐいっと持ち上げる。

長く引きずる着物の裾をばさっと払い、部屋と外を仕切っている御簾を肩で押すようにして、外廊下へ転がり出た。

「あのっ！」

床に座り込んで両手をついた姿勢で顔を上げる。

欄干に背を預けて座っている人が、ひどく驚いた顔をしてあたしを見た。

まるで平安貴族が着ているような、襟元を締めた深い藍色の衣と、足首で括《くく》った袴姿。そんな現実離れした衣装をまとっているのに、少しも不自然に見えない高貴な感じがする青年だ。

「あの、あなたがあたしを助けてくれた人ですよね？　ここ、どこなんですか!?」

前置きもお礼も押しのけて聞いてしまう。

彼が、あたしの切羽詰まった問いに目を伏せて笑った。かすかに身を屈め、あたしの顔を覗き込む。

二十歳前後に見える、凛々《りり》しく整った顔をしていた。

「落ち着いたらどうです。せっかく、菊理の宮様が、あなたをこんなにも美しい、姫姿に仕立てて下さったというのに」

彼が、落ち着いた低い声で囁くようにいう。思わず聞き惚れてしまいそうになる、素敵な声音と言葉だ。

けれどあたしは、彼が持っている柄に白皮が巻いてある懐剣を見て、すっと顔から血の気が引いた。

「返して！」

反射的に手を伸ばしたあたしの前で、彼が懐剣を鞘からすらりと抜く。次の瞬間、あたしの首筋にその白刃を添わせるようにした。

「これを、どこで手に入れた」

彼の冷たく固い声を朦朧とする意識の下で聞く。この懐剣を抜くと、いつも血の気が下がり体から勝手に力が抜けてしまう。

あたしの体は勝手に萎えて、ぐらっと前に傾《かし》いだ。

彼が構えていた抜身の刃に皮膚が触れ、ちり、と首筋が切れた痛みが走る。

彼が、力の抜けたあたしの体を支えるように抱き直した。

「答えなさい。これは誰のものだ。何故、おまえがこんなものを持っている」

淡々とした冷たい声で詰問《きつもん》する。

あたしは、勝手にぼんやりしてしまう意識を無理矢理叩き起こし、喉についた傷を隠すように片手で押さえた。

「それはあたしの守り刀よ……、誰のものでもない……！」

「守り刀？　本当か」

さらに問い詰めようとする彼を咎めるように、御簾の中から「千冬様、いい加減になさいませ」と声がした。

「立派な貴族の公達が、そのような仕打ちを美しい姫君になさるなんて。人魚の姫君をいじめるのは許しませんよ」

おっとりとした女の子の声が、御簾越しに聞こえる。

千冬様と呼ばれた人が、小さくため息をついて懐剣を鞘に戻した。

その瞬間、霞がかかっているようだったあたしの意識は元に戻り、体にもすっと力が入った。

傷がついた喉元を隠すように、しっかりと着物の襟元を握って顔を上げる。

千冬が、あたしを見もしないで懐剣を自分の懐に入れた。御簾の方を向いて、僅《わず》かに目を伏せる。

「菊理の宮様は、このような得体の知れない者にまでお優しくていらっしゃる」

「な……っ、なんでそんな風にいわれなきゃいけないの！　ここ、どこなの！　あなたたち誰よ！」

「大声で騒ぐな。菊理の宮様は、湖で溺れて意識を失った、身元も知れぬおまえを屋敷に入れることをお許し下さったんだ」

「それは……、感謝しますけど……！」

あたしは言葉に詰まって口ごもってしまう。

御簾を隔てた部屋の中から楽しそうな笑い声が聞こえた。

「人魚の姫君、千冬様を悪く思わないでね。湖に飛び込んで、溺れていたあなたを助けてくださったのは、千冬様なんですから」

「まあ……、確かこの人の声には聞き覚えがあるし、湖であたしを助けてくれたのはわかるんですけど……」

なぜ、いきなり懐剣を突きつけられたのかがまったくわからない。

あたしは懐剣で傷ついた喉元を片手で隠しながら、御簾の方を見た。御簾の中から、また楽しげな笑い声が聞こえる。

「人魚の姫君はお耳が良いのね」

「あの、さっきから人魚の姫君って呼ばれているの、私のことなんですよね。それっていったいなんですか」

あたしは改めて御簾の方に顔を向け、ぼんやりと透けて見える小さな影に問いかけた。また、御簾の中から鈴のような笑い声がする。

「昔話ですわ。湖から身ひとつで上がった美しい姫君は、恋い慕う殿方に会うために人の体を手に入れた魚だった……。あなたも身一つで湖からいらしたのだから、人魚の姫君なんでしょう？　そこに座っている千冬様に恋をしたのかしら？」

「冗談じゃありません！　こんな人、今日の今日まで見たこともありませんっ」

あたしは思わず喉元を押さえていた手を外し、欄干に背を預けてゆったりと座っている千冬を指さした。

その時、御簾の中から、まあ！　と、動揺した声が上がった。

「あなた、喉を傷つけてしまっていたのね！　どうしましょうっ」

「え？　ああ、たいしたことありません、大丈夫……」

とっさに手を喉にあてて傷を隠そうとしたあたしの手を、千冬が無造作に掴んだ。

怯《ひる》んでしまうほど真剣な表情で、あたしの喉の傷を見る。そして、ふっと小さくため息をついた。

「まったく……。余計な怪我をしないよう、加減して刃を抜いてやったというのに、自ら動いて肌に傷をつけるとは間抜けなやつだ」

「自分でしたこと棚に上げて、そういういい方する!?　それより、あたしの懐剣返してよ、千冬！」

「おまえ、私を呼び捨てるつもりなのか」

千冬が一瞬驚いた顔をした。

「当然でしょ！　あたしのことを、〝おまえ〟なんて呼んでる人のことを、呼び捨て以外でなんて呼べばいいのよ」

両手をきつく握っていったあたしを、千冬が驚いた顔をして見る。そしてすぐ、おかしそうに肩を揺らして笑いだした。

「な……っ、なんで笑ってるの！」

千冬が、怒るあたしを片手を上げて制した。

生意気な妹をからかう兄のような、腹がたつくらい余裕のある表情で、外廊下の欄干に背を預ける。足首を紐で括った袴の膝を片方立てて、ゆったりと座り直した。

「おまえの名は」

やけに優しい、優雅な口調で聞いてくる。

あたしは、怒った顔をしてしまった手前、調子が狂ってしまう気持ちで口ごもった。

「……清花」

千冬を呼び捨てにした手前、自分の名前はいわなければいけない。

しぶしぶという風に名乗ったあたしに、千冬が驚くほど真面目な表情を見せた。

「清花、姫衣をお貸し下さった菊理の宮様にお礼申し上げなさい。宮は手ずから、おまえの衣装を整えて下さった」

そういって、御簾の方へ頭を下げる。

あたしもつられて頭を下げると、御簾の向こうから「かまいませんのよ」と答える、可愛らしい声が聞こえた。

「わたくしは、大きなお人形に着せ替えをしているようで楽しかったわ。人魚の姫君……清花といったわね。あなたの可愛らしいお顔に似合う、可憐な衣の色目を考えて整えたのよ」

あたしは改めて自分の姿を見下ろした。

喉元の傷を隠すためにかきあわせた、上の衣はくしゃくしゃにしてしまったけれど、まるで雛人形が着ているかのような何枚も重ねた着物は美しく、ずっしりと重い。

こんな豪華な着物は、生まれてから一度も着たことがない。

「あの……、助けていただいたことは感謝してます。でも、あたしはごく普通の高校生で、学校から家に帰ってきたところだったんです。ここは、いったい……」

御簾の方に顔を向けて話し出したあたしの中に、今、ここにこうしている違和感がじわじわと広がってきた。

あたしによく似た女の子が突然現れた、あたしの家の庭から、湖に突然落ちて……平安時代のような場所で、雛人形のような着物を着せられている。

これが、現実であるわけがない。

夢だと自分に言い聞かせるには、体の感覚も喉を切った痛みも現実そのもの過ぎる。あたしの常識では追いつかない今の状態が怖い。

その時、隣に座っている千冬がかすかに顔を上げた。

「誰か来る。それで顔を隠していろ」

千冬が、片手に持っていた扇を開いてあたしの膝に投げ置く。戸惑うあたしの手を無理やり取って、扇を顔の前にかざさせた。

　重い衣装をさばきながら外廊下を歩く音が近づいてくる。

「まぁ、千冬様。いらしていたんですね。お声をかけてくだされば、菓子なり何なりお持ちいたしましたのに」

　若い女性の華やかな声がした。

　千冬が、おっとりとした笑みを作って声のした方に顔を向ける。優雅な仕草で首を横に振ると、低く響く甘い声でいった。

「いや、私は菊理の宮様の特別お許しを得て、使いも立てずに邸にうかがう無礼をしている身。気遣いは無用です」

「そうよ、珠洲音《すずね》、構わなくてもいいわ。千冬様はいま、そちらの姫君に、ひどい仕打ちをなさったことを、わたくしが叱って差し上げている最中なの」

　御簾の中から聞こえてきた菊理の宮の声に、驚いて顔を上げようとしたあたしの手を、千冬が強い力で掴む。あたしを背中で庇うようにしながら、珠洲音と呼ばれた女の人に目配せをした。

「珠洲音、こちらの姫は……」

「承知しております。珠洲音は、なにも見ておりませんし、聞いてもおりません。ですが千冬様。恋人に出家を決意させてしまうようなことは、珠洲音は感心いたしませんわ」

「珠洲音……」

困ったような千冬の声に、御簾の影の菊理の宮が笑う。「さすがに察しがいいのね、珠洲音は」といった。

珠洲音が、外廊下に両手をついて深々とお辞儀をする。

「では、菊理の宮様のお話が終わりましたら、珠洲音をお呼び下さいませ。改めてお菓子をお持ちいたしましょう」

そういって、珠洲音が一礼をしてしずしずと立ち去って行く。

その姿が完全に隣の棟へと消えたのを目で追った後、あたしは千冬に掴まれていた手を振り払った。

「いったいどうなってるの、これってなんなの!?」

「そんな気を高ぶらせないで、清花」

驚くほど近くで菊理の宮の声がした。

振り返った先に、いつの間にか御簾の中から出て来ていた菊理の宮が座っている。銀鼠色の袈裟を両手で押さえながら、肩のあたりで切りそろえた髪を揺らして首を傾げた。

「勝手にお話を作ってしまってごめんなさいね。女房の珠洲音には、あなたは都の姫だということにしておいた方がいいと思ったのよ」

菊理の宮の小さな手が、肩までしかないあたしの髪を撫でる。「せめて髪が長ければねぇ」と、ため息をついた。

「この髪の長さでは、仏門に入っているわたくしを頼って出家しようとした姫、と説明するのが一番早かったものだから」

あたしはどう返事をすればいいのかわからないまま、そっと菊理の宮の手を取った。大きく息を吸いこみ、混乱したままの気持ちを吐き出すようにいう。

「それはかまわないんですが……。あの、本当にここはどこなんですか。あたしの家は、ここは全然違います。こんな着物も着てないし……」

あたしが問う言葉を重ねるたびに、菊理の宮の表情が曇ってゆく。

なにもいわない菊理の宮の代わりに、千冬が「ここは高天原京という都だ」と、淡々とした口調でいった。

「おまえが溺れた湖は、世保平坂湖。黄泉《よみ》の境といわれている湖だ」

「そんな場所、聞いたことない……」

そういいかけたあたしの手を、菊理の宮が止めるように引いた。

「清花、あちらを見て」

そういって、扇を取り上げて緑深い庭を指す。

扇の先に、きらきらと陽の光を弾いて輝く湖が見えた。

「あれが世保平坂湖。黄泉の境だから、妖しが現れてもおかしくない場所なの。千冬様があなたに剣を突きつけたのは、妖しが少女に化けているかどうか見極めるためよ。妖しは古来、白刃に怯《おび》えて逃げ出すといわれているわ。……でも、清香は逃げなかった。清花は、妖しではなく、黄泉の者ね」

「黄泉？　あたし、死んじゃってるってことですか⁉」

菊理の宮が、あたしを見つめてそっと首を振った。小さな女の子なのに、菊理の宮の仕草は年を重ねた大人の女のような威厳がある。

「清花が今まで暮らしていた場所が、わたくし達にとっての黄泉なのよ。わたくし達は、この地での生を終えた後、世保平坂湖を通って次の世……清花が暮らしていた場所に生まれ落ちます。水が高きから低きに流れるように、この理《ことわり》は変わることがない」

「でも……でも、あたしは、知らない女の子に『帰ることを許そう』っていわれて、気がついたら湖に落ちてたんです。あたしが今まで暮らしてた世界が黄泉だっていうなら、どうしてあたしが帰るなんていわれなきゃならないんですか。あの女の子は誰なんですか！」

混乱する気持ちの整理がつかない。外廊下に両手をついてうつむいたあたしの耳に、千冬の小さなため息が聞こえた。

「虹子《にじこ》だ」

その声につられて顔を上げる。千冬が、あたしから視線を外したままで、立て膝にして座った膝の上に腕を乗せた。

「世保平坂湖を行き来出来るのは、かつてこの地に満ちていた八百万神と、神の巫女《みこ》だけだ。巫女の長たる虹子ならば、おまえを連れて行き来することが出来るんだろう」

「あの子を知ってるの!?」

「虹子とおまえは、姉妹のように顔立ちが似ていただろう」

確信を持った声で千冬がいう。

あたしは返事をすることも出来ずに、ぐっと息をのんだ。

確かに、あの子――虹子は、あたしと似た顔をしていた。

虹子はいったい、あたしのなんなんだろう。なんで突然、あたしの家に現れて、あたしをこんな世界に放り出したんだろう。

考え込んだあたしの肩に、菊理の宮の小さな手が乗った。

「心配なさらないで。虹子がなぜ、あなたをこの地に連れて来たのか、わたくしたちにはわからない。でも、あなたは千冬様に助けられたのですもの。千冬様が、あなたの運命であったことは間違いないわ」

菊理の宮が微笑みながらゆったりという。その優しい声は、混乱してわけがわからなくなりそうなあたしを、一時落ち着かせてくれる。

菊理の宮があたしの肩に手を置いたまま、緑深い庭の向こうの湖に目を向けた。

「世保平坂湖から上がったのは、清花だけじゃないのよ。何十年かに一度、黄泉から湖畔に打ち上げられる者がいるの。清花は無事に渡ってきたけれど、偶然に世保平坂湖を越えた者はたいてい死人か死にかけの身……。そう、あれは三十年ほど前だったかしら。わたくしに『ここは平安時代のようだ』といった者がいました。でもね、ここは平安という場所ではないの。女帝、天照帝が治める瑞穂の国、高天原京。三十年前も、今も変わらずにね」

「……ちょっと待って下さい。その話を聞いたのは、菊理の宮様じゃないんでしょう？」

どう見ても十歳前後の菊理の宮が、そんな昔の話を直接聞いているわけはない。

菊理の宮が、ゆっくりと首を振って寂しそうに微笑んだ。

「わたくしは見た目よりも、ずっと年をとっているのよ。天照の血筋は、国創神が始まり。神の血を濃く引く者の中には、稀《まれ》にゆっくりとしか年をとらぬ者が生まれます。わたくしはね、常人とは違う時間を生きている。だから都を離れ、黄泉の水路を見守りながら暮らしているのです」

「そんな夢みたいな話……っ」

いいかけたけど、あたしはそれ以上言葉を続けられなくなってしまった。

十歳前後にしか見えない菊理の宮は、本当はもっとずっと年をとっていて、この平安時代のような世界が、高天原京っていう都で、あたしが今まで暮らしていた場所が、この世界から見たら黄泉の国……。

全部、信じられないことばっかりだけど、あたしは実際に、ここにこうしているんだ。

「清花」

それまで黙っていた千冬が、静かな声であたしを呼んだ。

「菊理の宮様は、先の天照帝の叔母君にあたる、本来ならばおまえが言葉を交わすことも叶わぬ高貴な方だ。乱暴な言葉を使うな」

「千冬様。頭ごなしにそんなことをいうものではありません」

咎める調子で菊理の宮がいう。あたしと千冬を交互に見ながら、ほっと息を吐きだした。

「清花の暮らしていた世保平坂湖の先の国には、身分の差が無いと聞いたことがありますわ。清花にこちらの理を話して差し上げるならば、もっとゆっくり時間をおかけなさい」

しかし、と、いいかける千冬を、菊理の宮が視線だけで制する。開いた扇で口元を隠し、小さく首を傾げた。

「ほんとうに……。千冬様は、普段は物分かりがよろしいのに、可愛らしい女人にまで厳しすぎるのはね……。そんな風だから虹子が……」

そこまでいって、菊理の宮がはっとした顔になる。あたしは、とっさに菊理の宮の衣の袖を掴んだ。

「菊理の宮様も、虹子って人を知ってるんですか!?」

「落ち着いたら、ゆっくり話してさしあげますわ。清花はしばらくこの邸に留まって、こちらに慣れることからはじめなさいな」

「あたし、すぐに虹子って人に会いに行きます」

顔を上げてきっぱりという。

菊理の宮が、目に見えて困った顔をした。だけど、あたしは引く気はない。

「あの人がいったんです。おまえは十分に殺した。だからもう殺さないだろうって。あたし、育ててくれた両親を事故で亡くして、一人だけ生き残ったんです。あたしと一緒に出掛けなければ、お父さんとお母さんは死なずに済んだのに……」

「清花」

菊理の宮が、痛ましげに眉を顰めて顔の前に扇をかざした。千冬は、何を考えているのかまったく読めない表情であたしを見ている。

あたしは唇を閉じたまま、虹子の顔を思い返した。

——もう十分殺しただろう。

冷たい声でそういったとき、あたしによく似た虹子の顔は、うっすらと微笑んでいた。なぜ、そんな不吉なことをいうのに笑っていられるんだろう。

黙り込んで思い返していたあたしの前で、菊理の宮がそっと視線を外した。

「清花は、虹子には会わない方がよろしいわ」

「どうしてですか、あたしは……！」

床に両手をついて叫んでしまう。

その時、荒々しい衣擦れの音がした。外廊下で立ち上がった千冬に、痛いくらいの力で手首を掴まれる。

「なにするのっ」

振り払おうとした腕を反対に引かれる。抵抗をする間もなく立ち上がらせられ、千冬の体の影に押しやられた。

「菊理の宮様。清花は、私の邸に連れて行きます。これ以上、宮に迷惑をかけるわけにはいかない」

「お待ちなさい、虹子の意図がわからぬのに、清花を引き合わせるつもりですか。今の虹子はあなた一人に仕えている身ではないのですよ。武御雷《たけみかずち》の巫女として、特異の位を得ている。役目とあらば、清花やあなたに害を加えるかもしれないわ」

居住まいを正した菊理の宮が、凛とした強い声でいう。

千冬が、微かに息をついて目を伏せた。

「……だからこそ、清花は連れて戻らねばならないのです。虹子の思惑が何であれ、清花が世保平坂湖を越えてしまった以上、虹子と対面させるしか先は見えぬでしょう」

あたしは、無言で見つめ合う菊理の宮と千冬とを交互に見た。

覚悟を決めて、大きく息をつく。

「菊理の宮様。あたし、千冬と一緒に行きます」

「お待ちなさい、清花。あなたはまだ、こちらのことがよくわかってないのよ。焦らなくても、いずれ……」

菊理の宮が、微笑みを作って取りなしてくれる。

だけどあたしは、きっぱりと首を振った。

「ダメなんです。虹子がいってた、十分に殺した、っていうのがあたしの両親の事故のことだったら、あたしはあたしが許せない」

「清花、あなたは……」

「いろいろ心配してもらっているみたいなのに……、すみません」

菊理の宮が切なげに目を伏せて、扇で口元を隠した。

「仕方ありませんわ。清花は、清花がしたいようになさい」

「ありがとうございます」

「ですけど、これだけは覚えていらして」

菊理の宮があたしの手を取り、両手で包み込む。しっかりと目をあわせ、力強い口調でいった。

「あなたは持って生まれた血から、決して逃れることは出来ないでしょう。けれど、誰しも生まれだけで全てが決まるわけではないわ。あなたは、あなたが生きたいように生きていいのですよ」

「え……っ、はい」

間近で見る菊理の宮の、少女のまま何十年も過ごしたのであろう、深い色の瞳に呑まれそうになる。

「清花」

急《せ》かす調子で千冬がいう。

あたしは菊理の宮の手をそっとほどき、ぎこちなくならないように気をつけながら笑みを作った。

「あたし、まだわからないことだらけですけど。心配してもらっていることはわかります。ありがとうございました」

そういって立ち上がりかけたあたしの衣の袖を、菊理の宮が軽く引く。

あたしにだけ聞こえる小さな声で、「千冬様は、あなたが思っているほど意地悪じゃないわ」といった。

驚いて目を見開いたあたしに、菊理の宮がにっこりと笑いかける。

「清花、早くするんだ」

もう一度、千冬が急かす声でいう。あたしは、「わかってる！」とだけ返事をして、菊理の宮に向き直った。

「さよなら、菊理の宮様」

「さよなら、清花。千冬様、清花をくれぐれも頼みますよ」

菊理の宮が扇で口元を隠し微笑む。千冬が無言のまま深く頭を下げたのを見て、あたしも同じように頭を下げた。

あたしの手を、千冬が乱暴に掴む。あたしは手首を掴まれたまま、強引に引っ張られて歩き出した。

「放してよ、一人で歩ける！」

千冬の手を振り払い、両手で床に長く引きずっている衣の裾をたくし上げる。足にからみついて、ばさばさと音をたてる緋色の長袴を蹴り上げた。

千冬が、あたしを振り返って呆れた顔をする。

「なんて恰好してるんだ。菊理の宮様の邸は家人が少ないからいいが、都でそんな歩き方をしたら笑いものだぞ」

「だって、こんなの着たことないんだもん」

何度蹴り上げても、まだ足に絡みつく長袴に四苦八苦してしまう。千冬が、少しだけ歩みを緩めた。

「先が思いやられる……。俺の邸までは馬だ。おまえ、馬に乗れるのか」

「乗れるわけ……」

無い、と言いかけて、千冬の一人称が私から俺に変わっていることに気付いた。言葉も、菊理の宮と一緒の時より乱暴になっている。

もしかしたら、これが千冬の普段の顔なのかもしれない。そう思うと、少しだけ気持ちが軽くなった。

千冬と一緒に行くと決めたものの、親身になってくれる菊理の宮の元を離れるのは、本当は心細かった。けれど、こんな風に素の顔を見せてくれることがわかれば、もっと信用できるかもしれない。

千冬が、あたしの視線に気付いたように振り返った。改めて、あたしが着ている衣装を頭の上からつま先まで見る。

「着崩してしまったとはいえ、菊理の宮様が見立ててくださった衣は美しいな。裸で溺れていた娘と、同じ人物とは思えない」

「は……裸だったのは、あたしのせいじゃないし！」

湖で千冬に助けてもらって、菊理の宮の邸に運んでもらうまで、あたしは裸のままだったんだ。

そう思うと恥ずかしくて、もういてもたってもいられない。

顔を真っ赤にしてそっぽを向いたあたしの耳に、おかしそうに笑う千冬の声が届いた。

「ああ、そういえば。俺はまだ、おまえに礼をいわれていない」

「えっ……」

「悲鳴と水音を聞いて、とっさに湖に飛び込んだ俺に、一言の礼もないというのは無礼極まりないと思わないか？　清花」

「っ……！」

それを言われてしまうと、なにも反論できない。

確かにあの時、千冬が来てくれなかったら、あたしは湖の底に沈んでいただろう。

冷たい水の中で、裸のあたしを抱きかかえてくれた、しっかりとした腕……あれは、ここにいる千冬のもので……。

「――……ぅ、やっぱり無理！」

あたしは思わず、その場にしゃがみこんでしまった。

恥ずかしくて恥ずかしくて、千冬の顔を見ることができない。お礼をいわなきゃいけないのはわかるんだけど、どうしても言葉にできない。

あたしの隣に立っている千冬が、吐息だけで笑った。しゃがみこんでいるあたしの横に、優雅な仕草で膝をつく。

「言葉で礼をいうのが無理なら、態度で示してもらってもいいんだが？」

言葉と共に、あたしの頬に冷たくて大きな手が触れた。

真っ赤にほてった頬に、その冷たさが心地良い。ほんの少し、気が逸れて吐息をついた瞬間、強い力で上向かせられた。

「あ……っ」

ごく間近に、千冬の凛々しい顔がある。

驚いて目を見開いたあたしは、改めて千冬の整い過ぎるほど整った顔をまじまじと見つめてしまった。

千冬の瞳の色は深く、感情をうかがい知ることが出来ない。けれど、どこか甘美で、その甘さに酔ってしまいそうになる。

どくん、と胸が鳴るのはどうしてだろう。

千冬の冷たい手が触れている、あたしの頬がさらに熱くなるのはどうしてだろう。

「――――千冬……？」

「黙って」

形のいい千冬の唇が、薄く笑みの形をつくる。

顔をわずかに傾けられて、あたしの唇に、千冬の唇がそっと重ねられた。

あたしは、自分の身になにがおきているのかわからない。頭の中が真っ白になり、息をすることさえ出来ない。

あたしの頬に添えられていた千冬の手が動いて、僅かに震えるあたしの顎《あご》を支える。さらに顔を上げるようにさせられて、自然に唇が開いた。

「ん……ッ……」

ほんの少しだけ開いたあたしの唇の間に、熱い塊が入り込んできた。怯えきってすくんでいるあたしの舌に、熱い塊が絡みついてくる。

それが、あたしの唇に差し入れられた千冬の舌だと気づいた瞬間、意識が遠のきそうになった。

「――――っぁ、は……」

あまりの出来事に混乱して息ができずにいるせいで、頭がじんじんと痛み出し、視界が急速に狭まってくる。

震えるあたしの舌に絡みつく千冬の舌は、まるであたしを支配するかのように動き、あたしの体の中を全部味わい尽くそうとするかのようだ。

「ッ、ぅー……」

あたしは必死の思いで千冬の肩にすがり、崩れ落ちそうになる体を支えた。

二人の唇の間で濡れた音がたち、血の気が引いたあたしの唇の端から、呑み込み切れない唾液が顎に一筋落ちてゆく。

それでも千冬の唇は離れてくれない。

気がついたときは、あたしは千冬のしっかりとした腕で抱きしめられていた。

千冬が身に着けている衣の袖の中に囲い込まれる姿勢で、圧倒的な口づけをただ受け止めることしか出来ない。

ゆるりと動いては離れる、千冬の熱い舌に翻弄《ほんろう》されて、あたしの体はひくひくと戦慄《わなな》いた。

千冬が、口づけの合間に少し困ったかのように微笑んだ。

「これほど初心《うぶ》な体とは……。おまえ、まさか口づけ一つしたことがないのか」

こんな無慈悲な言葉なのに、千冬の声音は頭の芯が痺れそうになるほど甘い。

あたしは青ざめた頬を隠すように俯いて、二人の唾液でぬらりと光る、自分の唇を手のひらで覆った。

口の中にはまだ、千冬の舌に蹂躙《じゅうりん》された感覚が残っている。赤く爛《ただ》れてしまったような気がする唇を噛み締めて、その感覚を消そうとした。

「そんなの、あるわけない……ッ」

それでも、千冬のひどい言い様にいい返さなければ。そう思って、無理やり絞り出した声は、自分でも情けなくなるような涙声だった。

ダメだ、泣いてる……！

キスされて泣き出すなんて恥ずかしい。そう思うのに、泣いてしまったと気付いたせいで、涙が後から後から溢れてくる。

「参ったな……。泣かせるつもりはなかったんだが……」

ため息混じりの甘い声で、千冬はひどいことをいう。

「泣かせるつもりじゃなかったら、なんなのよぅ……！」

あたしは両手で顔を覆い、しゃくりあげそうになるのを必死で堪えながら、千冬の広い胸に額を押しつけた。

泣いて震えるあたしの背を、まるで子供をあやすかのように、千冬の大きな手が優しくゆっくりと撫でる。

「――清花は、その名の通りの清い身だった……ということだろうな。同じ顔をしていても、虹子とはまったく違う」

え……？

あたしは千冬の手に背中を撫でられながら、突然、引き合いに出された虹子の名に、ひどく戸惑った。

突然、千冬にキスされた。その理由が、虹子？

あたしの家の庭に突然現れて、この世界にあたしを連れてきた虹子が、どうしてこんなことをされた時に名前が出るの。

あたしは、千冬に背中を撫でられながら、大きく息をついた。

けれど、意識してしまったせいでより強く、千冬にされた口づけの一部始終を思い出してしまう。

唇がふれあい、熱い舌を差し入れられた、あの圧倒的な感触がまざまざと、あたしの中に蘇《よみがえ》ってくる。

ぎゅっと、あたしの体の奥に、絞られるような痛みが走った。

深い口づけをされた唇でも、息ができずに苦しくて脈打った胸でもない、あたしのお腹の奥のほうにある、甘いような痛みはいったいなに……？

混乱し過ぎて気持ちがぜんぜん追いつかない。

だけど、千冬があたしにこんなことをした理由が、あたしじゃなくて虹子にあるってことを、絶対に忘れないようにしなければと思った。

3

「やっぱり、この格好って凄い恥ずかしい……」

馬上に横座りした不安定な姿勢のまま、あたしは千冬の衣装……狩衣《かりぎぬ》というものだって教えられた……の、胸元にしがみついた。

千冬が、馬の手綱を引きながら、可笑《おか》しそうに片眉を上げる。

「それは仕方ないな。馬には一人で乗れないという姫を、都まで連れて行くには俺が抱いて行くしかない」

そういうと、わざとらしく馬上であたしの体を抱き直した。あたしは、短い悲鳴をあげて千冬に抱きつく。

また可笑しそうに笑う千冬を見上げ、あたしは精一杯睨《にら》んでみたが、千冬はまったく気にしていない様子だ。

優雅に馬の手綱をさばきながら、往来を行く市井の人々を鷹揚《おうよう》に眺めた。

黄泉平坂の湖のほとりに建つ、菊理の宮の館を出て小一時間ほど。

あたしは今、たくさんの人々が歩いている往来を、千冬の胸に抱かれるような恰好で馬の背に揺られていた。

慣れない馬に横座りするためには、千冬にしがみついているしかない。

馬に乗っている間は、これを被って顔を隠すようにと、千冬から手渡された薄物の衣を押さえるだけで精一杯だ。

都では、女の人は人前で顔を見せないのが常識らしい。歩く人々も、頭から薄物の衣を被った人、中央だけが尖った平たい傘を被って、そこから長く布を垂らしたものを被って、顔を隠している人が目立つ。

それにも増して、多いのは男性だ。往来を行き来する人はほとんどが徒歩で、騎乗しているのは千冬とあたしだけだから、人目を引いてしまうのもある程度は仕方がない。

あたしは頭から被った薄物の衣で顔を隠しながら、そっとうかがった。

物珍しそうにあたしたちを見上げている人達は、皆、それぞれ何かの仕事の真っ最中のようだ。道端に敷物を敷いて商品を並べ、店を開いている。

そこに並んでいるものは、多種多様といっていい。藁《わら》で編んだ履き物を売る店、山のように積んだ瓜、カブや青菜、干した魚を売っている店もある。着物を売る店に並んでいる布は色とりどりだ。

道端の店を眺めているのは、粗末な木綿の着物を着た人、貴族が着ているものに似た着物を着た人、さまざまだった。

もの珍しい気持ちであたりを見まわしていたあたしは、往来を行く人達の中に、馬上のあたし達を見上げてひそひそと耳打ちしているのを見つけた。

よく見てみると、あたりを憚《はばか》るような様子で内緒話をしているような気さえする。

「……ねえ、千冬。なんか、こっち見て、ひそひそ話してる人が多い気がするんだけど。あたし、何かおかしいのかな」

千冬の衣を掴んで言うと、千冬が手綱を取る手を緩めて小さく笑った。

「気にするな。皆が見ているのはおまえじゃない、俺だ」

「千冬を？　どうして」

聞いても千冬は答えてくれない。

あたしは眉を顰めながら、もう一度あたりを見回した。

ひそひそと話しあう人達は、なんだか千冬を恐がってるようにも見える。

往来を馬で行く千冬は、上等の絹の狩衣を着ていて、位の高い人物だということはすぐにわかるはずだ。千冬の何が、人々を怯えさせるんだろう。

そのとき、遠くで雷のような音がした。

とっさに空を見上げたあたしは、真っ青な空が、あっという間に黒雲に覆われてゆくのを見た。

雲で日の光を遮られた往来が、すっと暗くなる。道行く人々が怯えた悲鳴を上げ、散り散りな方向へ駆け出して行く。

「来たか……。まだ日が高いというのに！」

吐き捨てるように千冬がいった。

あたしは何が何だかわからないまま、往来の人々が怯えて混乱し、逃げ出している様を呆然と見下ろした。

道端に広げていた品物を慌てて荷車に乗せる人、往来を駆けて行く人、家の戸板を荒々しく閉ざす人。

そんな騒ぎのまっただ中に、空から大きな雨粒が落ちてくる。あっ、と思ったときには、バケツをひっくり返したかのような雨が降り出していた。

人々の悲鳴が激しい雨音でかき消える。

戸板を閉める音はひっきりなしに続き、荷車は荷が崩れるのも構わず駆け出していく。人々が真っ青になって逃げまどっている。

「いったい、なんなの……」

呟いたあたしの声と同時に、地を揺るがす雷鳴が響いた。

――違う、雷じゃない。いまの音は、空からじゃない。

あたしは、馬の背に座ったまま振り返る。雷と同じ音が、地響きと一緒に後ろの方から聞こえてくる。それがどんどん近づいてくる。

「清花、口を閉じていろ。舌を噛むぞ」

突然、千冬が固い声でいった。

馬の手綱を引き、足を置く金具で馬の腹を蹴る。馬が嘶きを上げて前脚を上げ、勢いよく駆け出した。

あたしは激しく上下する馬の背から振り落とされそうになりながら、必死で千冬にしがみつく。

往来の向こうから、鬼気《きき》迫る人々の悲鳴が上がる。

激しい雨が顔を叩く。

千冬の体で囲われているから、振り返ったって真後ろの路は見えないのに、振り返らずにはいられない。

――怖いものが来る。

直感のように思ったとき、頭から被っていた薄物の衣が強い風に飛ばされた。

視界いっぱいに広がった衣が、雨粒に叩き落とされて水たまりに落ちる。

土色の水に浸った衣から目を上げたあたしは、その向こうに信じられないものを見つけてしまった。

「なんなの、あれ……!?」

呟いた言葉が激しい雨音でかき消える。

往来の先に、体を覆う長い毛が炎になって燃え上がっている、身の丈二メートル近くある、狗《いぬ》に似た化物が立っていた。

嘘……っ、こんなの現実にいるわけない!

そう思っても、爛々《らんらん》とした目を見ひらき、耳まで裂けた口から鋭い牙《きば》を剥き出しにして吼《ほ》える狗の声は、雷の音そっくりに空気を振るわせる。

狗が、逃げまどう人々を蹴散らして、真っ直ぐにあたし達の方へ駆け出した。

獰猛《どうもう》な化物の眼が、馬を、あたし達を狙っている!

そう思った瞬間、体がかっと熱くなった。血が沸騰したような感覚がして、手の先と足先に鋭い痛みが走る。

あたしは思わず、千冬の胸に顔を伏せて力一杯しがみついた。

手のひらに、千冬の懐に入っている懐剣の固い感触を感じる。衣の上から、それをぎゅっと握り締めた。

縋る千冬の体は熱く、千冬に駆り立てられて走る馬の躯《からだ》も、湯気が立ち上るかと思うほど熱い。

どく、どく、と、あたしの胸が鳴っている。

耳の奥で、血が流れる音がする。手足の先が裂けて、そこから何か別のものが出てくる気がする。

体が熱い、怖い、――――怖い!!

突然、ぱん、と耳元で硝子が弾けるような音がした。

はっと目を見ひらき、顔を上げたあたしは、あたりの景色が白黒で反転していることに気付いた。

あたし達を追ってくる、炎を纏《まと》った化物が駆ける形のまま動きを止める。

降る雨粒もそのままの形で止まり、白い線になる。

板戸を固く閉めた家々の輪郭も、逃げまどう人々も、すべて輪郭だけになって静止していたのだ。

そしてあたしは……あたしの視線は、千冬の馬から上空に五メートルくらい上から辻全体を見下ろすものになっていた。

全てが静止し、反転したモノトーンの世界で、あたしの体だけが銀色に光っている。

この色は世保平坂湖に落ちる前、湖の上に裸で浮かんでいた虹子の手足に浮かび上がっていたものと同じだ。

この、銀色の鱗は――。

「清花っ！」

耳元で何かが弾ける。

あたしは、はっと顔を上げた。

強く叩きつける激しい雨に目を瞬く。

静止していた世界が元通りになっている……？　違う、静止したと思ったのが気のせいだったんだ。

「しっかり掴まってろ、清花！」

千冬が馬を駆り立てながら叫ぶ。

あたしは無我夢中で千冬にしがみついた。指の先に触れる、千冬の衣の中の懐剣が怖いくらいに熱くなっている。

千冬が激しく馬を駆り立てて往来を駆ける。けれど千冬の馬はぬかるみに脚を取られ、スピードが明らかに遅くなってきていた。

あたしは千冬に縋りながら後ろを見た。水しぶきを蹴散らしながら迫ってくる、炎を纏った化物が荒々しく吼える。

「千冬っ、来る！」

千冬が舌打ちをして、馬の手綱を手荒くさばいた。

高い嘶きを上げながら、馬が頭を巡らせる。

迫り来る化物と、真っ正面から向かい合った。

顔を上げたあたしは、千冬が怖いくらい真剣な顔をして腰の剣に手をかけたのを見た。激しい雨を切り裂くようにして、白く光る長剣を構える。

往来の真ん中で立ち止まったあたし達に向かって、炎を纏った化物が路に出たままになっていた棚や荷車を蹴散らしながら駆けてくる。

千冬が空に向かって振り上げた剣が、月光かと思うほど冷たく瞬くのを見た。

咆哮《ほうこう》を上げて化物が地を蹴り、あたし達に向かって飛びかかってくる。

――もうダメっ！

ぎゅっと目をつむり、息を殺した瞬間、あたしは千冬のものとは違う、馬の嘶く声を聞いた。

反射的に上げた顔に、ぱたぱたとなま暖かいものが降りかかる。息がつまるほどの生臭さに驚いて目を上げた。

そこは、一面の血の海だった。

往来の真ん中に、真っ二つに斬り裂かれた化物の死骸が転がっている。

その横に、血塗れた抜き身の剣を下げ、返り血で全身を濡らした女の子が馬に跨《また》がって佇《たたず》んでいた。

化物があたし達に追いつく前に、彼女が斬《き》り殺した……？

「――武御雷の名において、狗獰《くどう》を討ち取りました。千冬様、御身に触りはございませんか」

凛とした声に聞き覚えがある。

あたしは、体に降りかかった化物の血の感触に気が遠くなりそうになりながら、彼女をじっと見つめた。

彼女は、前髪を残して高い位置で一つにくくった長い髪を背中に垂らし、元は白だったらしい重ねの衣を腰で大きく結んだ帯で留めている。千冬が穿いているような、足元を結わえる袴の腰に、剣を納める鞘を差していた。

「虹子か……」

あたしの隣りで、千冬がため息混じりの声でいう。

あたしはまだ治まらない吐き気を堪えながら、血塗れた姿で馬に跨っている女の子と、あたしの家の庭に突然現れたセーラー服姿の女の子を頭の中で重ねた。

同じだ……、あたしの家に現れたのは彼女だ。

千冬が、化物を斬らずに終わった剣を腰の鞘に納めながら、「久しぶりだな、虹子」と声をかけた。

虹子が、血塗れた剣を馬上で一振りして腰の鞘に納める。

馬から飛び降りて、降り止まない雨の中、化物の血と雨とでぬかるんでる往来に凛々しい仕草で片膝をついた。

「はい、久方ぶりでございます。千冬様」

顔を伏せた虹子が、よく通る声でいう。

何の躊躇《ちゅうちょ》もなく汚れた地面に膝をつく虹子を、千冬が表情も変えないで見下ろした。

「虹子、おまえはもう武御雷長《たけみかづちのおさ》だろう。特異の位を授かったおまえが、俺の前で膝をつく必要はない」

「いいえ、特異はあくまでも特異。私は千冬様と同じ高さで言葉を交わせる身分ではありません。どこにも怪我はございませんね？」

確認する言葉でやっと顔を上げ、千冬だけを真剣な表情で見上げる。

その時突然、激しかった雨が小振りになった。厚い黒雲が空の真ん中で割れ、一筋の強い光が伸びて往来を明るくする。

地面に倒れている化物の死骸の恐ろしさが、明るい日の光に払われてゆく。

わあっと、あたりに歓声が上がった。

物影に隠れていた人々が往来に駆け出してきて、口々に「武御雷の巫女様！」と叫びながら、虹子を取り囲もうとする。

街に出た化物を斬り殺し、その血に濡れた姿をしている虹子は、この人達にとっては英雄なんだろう。

あたしの後ろにいる千冬が、小さく「虹子」と呼ぶ。

虹子が無言のままうなずき、立ち上がると傍らに立っている馬に飛び乗った。

「あっ、待って！」

手綱を引き、馬の頭を巡らせて駆け出そうとした虹子の背に、あたしは慌てて声をかけた。

虹子が、長い髪の先から化物の血混じりの赤い雫を滴らせながら振り返る。射るような強い目があたしを見据えた。

思わず怯みそうになった気持ちを精一杯ひきたてて、あたしは虹子を見つめ返す。

「もう十分殺しただろう、ってなんのことだったの」

「なにとは……？」

虹子が唇だけを微笑みの形にする。

あたしなら、絶対にこんな顔をして人を見たりしないと思う、嘲笑の表情だった。

「あたしの家の庭でいってたことよ。話してる間に、いきなり部屋と湖が一緒になって。あたしもあなたも、向かい合わせで湖の上に浮かんでいて――。いったい、これってなんなの、どうしてあたしをこんなところに……！」

「こんなところ、ではないだろう。おまえが本来、生きるべき場所は高天原京だというのに。それすら知らされぬまま母と生き別れたか」

「……お父さんとお母さんは、事故で死んじゃったわ」

目を伏せて、喉の奥から声を絞り出す。唐突に、虹子が声を上げて笑った。

「何がおかしいのよ！」

反射的に怒鳴ったあたしを、千冬がなだめるように後ろから抱く。「清花」と小さく呟く声が聞こえた。

あたしは、まだ笑い続けている虹子を睨みつける。虹子が、やっと笑いを止めてあたしを見た。

「真実を見なさい、清花。私達の面差しが似ているのは偶然ではない。私達の母は、千冬様の邸に乳母として仕えていた者。畏《おそ》れ多くも、千冬様と私達は乳兄妹ですよ。乳母の子が主家に仕えるのは当然のこと。武御雷の巫女として御上に召された私に成り代わり、これからはおまえが千冬様の御身をお護りなさい」

「えっ……」

あたしは息をのむだけで何もいえない。虹子が衣のあわせから、あたしのものと同じ懐剣を取り出した。

「この懐剣が同じ母を持つ証。おまえがいくら養い親を慕っていたとしても、血の宿業《しゅくごう》は変えられない」

「……っ！」

言い返す言葉も出ずに唇を噛む。

そのとき、りん、と、虹子の懐剣が鳴った。

りん、と、それに答える音がする。

あたしは自分の胸に手をあてようとして、今、懐剣を持ってないことに気付いた。慌てて振り向くと、千冬の衣の胸のあわせが微《かす》かに光っている。

「どうした、清花」

思わず両耳を塞いで背を丸めたあたしを千冬が支える。虹子とあたしの懐剣が響きあう、有り得ない金属音が続いている。

千冬には、この気味の悪い音が聞こえていないの……!?

虹子が、千冬の衣の中にあるあたしの懐剣を見透かすように目を細める。あたしに向かって
「千冬様に返して頂きなさい」と、冷たく言い放った。

「それは我が血脈の縁の剣。長く身から離せば、呪《じゅ》に追われることになる」

「どういう意味なの、それって……」

あたしの声は、虹子が馬の手綱をさばいた嘶《いなな》きでかき消える。

「千冬様、虹子は日向社に戻ります。御前、失礼」

虹子があたしの問いに答えず、千冬に黙礼をして手綱をさばく。馬が高く嘶き、前脚を上げた。

「待ってよ、まだ話は終わってないっ」

駆け出した虹子の馬に向かって必死に手を伸ばす。千冬が、あたしを止めるように後ろから腕をまわして抱きしめた。

「千冬、虹子を追いかけてっ」

千冬を振り返り、虹子の馬が駆けて行く方向を指さして叫ぶ。千冬が、硬い表情で首を振った。

「駄目だ、虹子は日向社に戻るといっただろう。あの場所は、特異の位を授かった巫女しか立ち入れない」

「でも！」

言い争っているうちに、あたし達のまわりに人垣が出来はじめる。千冬が、あたりを見回して小さく舌打ちをした。

「邸に戻る。虹子には、いずれ必ず会わせてやる」

本当、と、問い質《ただ》す間もなく、千冬が荒く馬の頭を巡らせた。虹子の馬が行ったのとは反対方向へ駆け出す。

あたしは、とっさに千冬に縋り付きながら、ぎゅっと唇を噛みしめた。

虹子は、あたしが「殺した」という人のことについて、何もいわなかった。

でも、あたしがお父さんとお母さんが事故で死んだっていった時、あたしを莫迦にしたみたいに笑ったのだ。

虹子は、あたし達の実の母親は千冬の乳母で、だからあたし達は千冬に仕えなきゃいけないという。

けれどそんなこと、急にいわれても承知することは出来ない。

あたしにとって、親とは血の繋がりのないあたしを大事に育ててくれた、お父さんとお母さんしかいない。

千冬の胸に縋りつきながら、あたしはその懐に入っている懐剣の固い手触りを感じていた。

何もかも、わからないことだらけだ。不安で不安でたまらない……。

そんな気持ちを察してくれたように、千冬があたしの背に手のひらをそっとあてた。

一瞬、体がびくんと強張る。

けれどすぐに、あたしは大きく息を吐き出した。千冬の腕の中に囲われるように抱かれながら、緩く目を閉じる。

この人は、あたしを湖の中から救ってくれた人だ。

突然、刃を突きつけられたりキスをされたりしたけれど……。それでも、今、あたしを護ろうとしてくれているのはわかる。

今は、それだけを信じよう。

あたしは千冬に抱かれて馬に乗りながら、胸の中でそう繰り返した。


「凄い広い……」

あたしは、馬の背で風を受けている間に乾いてきてしまった衣の襟を押さえながら、広大な邸内を見回した。

寝殿造りの母屋をぐるりと取り囲む、大きな池がある庭とその向こうの竹林は青々としていて、雲雀《ひばり》の囀《さえず》りがどこからか聞こえてくる。

手綱を持っている千冬が苦々しそうに舌打ちをした。邸の門を潜ってから、ゆっくりとしていた馬の歩みを少し早める。

「無駄なほどな」

不快そうな千冬の声が不思議で、あたしは顔を上げた。

「でも、ここは千冬のお邸なんでしょ。菊理の宮様のところより、何倍も広くて豪華そうなのに、気に入らないの？」

「これ見よがしに豪奢な邸に住まう趣味はない。役職に就いて与えられた邸に、仮住まいをしているだけだ」

仮住まいと言い切る千冬の言葉に、あたしは少し首を傾げた。

役職に就いたから、大きな邸を与えられた……。ということは、かなり出世したということなんじゃないだろうか。

一般的に考えれば、大きな館を与えられるほどの出世をするのは喜ばしいことなのに。千冬が、こんな疎ましげな顔をしているのはどうしてなんだろう。

その時、ひどくうろたえた女の人の声がした。

「なんてお姿をしていらっしゃいますの、千冬様！」

邸を縁取る外廊下から、地面に降りる階を、髪の長い女の人が駆け下りてくる。菊理の宮の邸で見た、お世話係の女房とよく似た衣を着ていた。

「そう慌てるな、芙蓉《ふよう》。こちらの姫君が驚いてしまう」

気安い調子で千冬が答える。

あたしは、姫君と呼ばれた人がどこにいるのかと、思わずあたりを見回してしまった。

そして唐突に、ここではあたしは姫君ってことになっていたんだ、と、思い出した。

あたし達の乗る馬の前まで駆けてきた女房が、心配そうな顔であたしと千冬を交互に見る。

ほっと息をついて、安心したかのように微笑んだ。

「よろしゅうございました……。昼日中なのに、往来に化物が出たと聞いて心配しておりましたのよ。千冬様、清花様」

「え？　なんであたしの名前……」

戸惑うあたしの声に、女房装束《しょうぞく》の女の人が笑みを深める。二十代後半くらいに見える、落ち着いた雰囲気の人だ。

「ご気分を害されたのでしたら、お詫《わ》び申し上げます。清花様」

「いえ……、そうじゃなくて。あ、そうか！　菊理の宮様から、連絡が来てたんですか？」

問いかけるあたしの声を遮るように、千冬が馬から降りた。あたしに手を差し伸べながら、隣に立つ女の人を顎先で指し示した。

「芙蓉は読視《よみ》をする。おまえの名くらいは、すぐに知れるさ。これも特異の力の一つだ」

「特異？　虹子が持ってるっていうのと同じ力？」

馬から抱き下ろしてくれた千冬に勢い込んで聞く。あたし達の横に控えている芙蓉が、ゆったりと首を振った。

「わたくしの力は、もっとずっと弱いもの。目の前にいらっしゃる方の、心の中のほんの一部が透けて視えるだけですわ。特異の巫女になられた虹子様には、遠く及びません」

「芙蓉さんも、虹子のこと知っているんですか!?」

「ええ、存じております。それよりも清花様、わたくしのことは芙蓉と呼び捨てになさって下さいませ」

「えっ、でも……」

どう見ても年上の女の人を、呼び捨てになんか出来ない。

戸惑って言葉を切るあたしに、千冬が「まったくおまえは」と、呆れ声でいった。

「俺をすぐに呼び捨てたというのに、芙蓉は躊躇するのか」

「だって！」

反射的に言い返すと、芙蓉が口元を袖で隠しながら楽しそうに笑った。

「清花様、わたくしのことはどうか芙蓉とだけお呼び下さいませ。そうしていただけませんと、当主の千冬様に申し訳がたちません」

「はぁ……」

そういうものなのかと思いながら、一歩、玉砂利の上を歩き出す。

突然ぐらりと体が揺れた。

慣れない馬に乗っていたせいで、手漕ぎボートから下りて陸に立った時のような状態になっている。

ふらつくあたしの体を、当然のように千冬が支えてくれた。思わず身構えたあたしを見て、千冬が軽く目を伏せる。唇の形だけで小さく笑った。

「馬に乗り慣れていない身ならば、降りてすぐふらつくことくらい知っている。治まるまで、無理に歩き出そうとするな」

あたしは、ぐっと言葉につまってしまう。

菊理の宮が別れ際にいっていた、「千冬様は、あなたが思っているほど意地悪じゃなくてよ」という声を唐突に思い出す。

側に控えている芙蓉が、あたしに寄り添って静かに手を取ってくれた。

「清花様、わたくしと共に参りましょう。汚れた衣を替えて、身を浄めましょうね。……おかわいそうに、こんな姿で往来を行くのはお辛かったでしょう」

「あの、あたし……」

顔を上げて、優しく微笑んでいる芙蓉を見る。千冬がゆっくりとうなずいて、あたしの頭にてのひらを乗せた。

「そうしてもらえ。この邸のことは、芙蓉に聞けばすべてわかる」

そういいながら、濡れて乱れたままのあたしの髪に触れる。一房だけ指に絡みつかせて、愛しい者にするかのように撫でる。

千冬の仕草の突然の甘やかさに驚いて、目を見開いてしまう。千冬が、あたしを一瞬、熱く見つめた後、ふいと逸した。

「さあ、参りましょう。清花様」

そう促す芙蓉に誘われて、あたしは白い玉砂利が敷きつめられた庭を歩き出した。

雨と化物の血で汚れてしまった衣の裾を引きずりながら、まだ少し揺れる気がする脚をなんとか動かして歩く。

しばらく歩いたあたりで、ふと気になって振り返った。

千冬は、まだ馬の傍らに立っている。

虹子が、返して頂きなさいと厳しい表情でいった、あたしの懐剣。それはまだ、千冬の懐の中にある。

――それは我が血脈の縁の剣。長く身から離せば、呪《じゅ》に追われることになる。

虹子がいっていた言葉だ。

呪とは、いったいなんなんだろう。交通事故であたしだけが生き残ってしまったのも、呪というものなんだろうか。

それなのに、虹子はあたしに「千冬を護れ」ともいった。

大好きだったお父さんとお母さんを死なせてしまったあたしが、どうやったら千冬を護れるというんだろう。

あたしは、いったいなんなんだろう……。

わけがわからないまま、あたしは先に行く芙蓉の後をついて歩くしかできなかった。

4

「いったい、いつまでこうしていればいいの……」

あたしは、きらびやかな調度に囲まれた大きな部屋の中に一人で座ったまま、深いため息をついた。

広大な千冬の邸の、玉砂利を敷きつめた庭で馬から下ろされた後。

あたしは芙蓉に案内されて湯殿というところに連れて行かれた。そこで湯を使って体と髪を洗い、芙蓉が用意いてくれた新しい着物に着替えた。

その姫衣は、緋色の袴と、地模様が織り込んである橙色の唐衣。中に重ねた衣は浅黄色と蘇芳の色の、華やかな装束だった。

羽織る順番さえわからないたくさんの着物を、芙蓉に手伝ってもらいながら着込んだ後。あたしは、大きな池を見渡す、この広い部屋に案内された。

ここの部屋に入って、もう三十分くらい一人だ。

あたしは畳の上から立ち上がって、長廊下と部屋を仕切っている御簾のあたりまで行ってみた。

御簾の端を掲げて、庭に面して延々と続いている邸を見る。

ここは、驚くほど人の気配がない。

こんなに大きくて、立派な調度が揃った邸なのに、その規模にみあう人がまったくいないと心細くなってしまう。

庭の木々の葉を風が揺らす微かな音だけが聞こえる。

芙蓉はこの部屋で少し待っていて欲しいといっていたのだから、我慢してここにいるべきなんだろうか。

でもやっぱり、ここでじっとしてるだけなんて我慢できない。

あたしは御簾を押しやって、衣の裾を引きずりながら長廊下に出た。

邸から往来に出る方向と思う方へ歩き出し、すぐに思い直した。

廊下を辿って行くより、庭を突っ切ったほうが早いだろう。

あたしは緋色の長袴の裾と、何枚も重ねて着せ掛けられている姫衣の裾を、えい、と声を出してたくし上げた。

長廊下の手摺りに裸足の足裏を乗せ、一気に庭に飛び降りる。

ざり、と、足裏で玉砂利を踏む音がする。

少し迷ったけれど、そのまま裸足で歩き出した。ここで履物を探している時間さえもが惜しい。

千冬に会って、もっと虹子とこの世界のことを聞かなければ。一人で考え込んでいても、不安ばかりが増してしまう。

もう十分に殺しただろう、と。そして、千冬を護れともいった、虹子の言葉。その意味を、千冬は知っているのだろうか。

ざりざりと音をたてて玉砂利の庭を歩く。優雅な枝ぶりの松や梅、鬱蒼《うっそう》と茂った生け垣など、まるで果てがないように思えていた庭の先に、ひときわ大きな建物が見えてきた。

あの建物は見覚えがある。あの横の小道の先に、確か厩舎《きゅうしゃ》があったはずだ。

厩舎は、ここまで乗ってきた千冬の馬がいるはずだ。もしかしたら、千冬の馬の手入れをしている使用人がいるかもしれない。

誰でもいい、この邸の人に会うことができれば、千冬はどこにいるのか問うことができる。

あたしは、重い衣装をからげ持つ手にぎゅっと力を込めて、厩舎へと急いだ。

「あの、すいません」

厩舎の引き開けられたままの木戸から、中へ向かって声を掛ける。

そっと中を覗き込んでみると、厩舎には馬も人もいない。十頭以上分はある馬房は、すべて空だった。

どうしよう、ホントに誰もいないのかな。

迷いながらあたりを見回したあたしの耳に、微かな水音が聞こえた。厩舎の裏手から水を使う音がする。

あたしは戸口から離れて、水音のする方へ早足で向かった。厩舎を回り込むと、大きな黒い馬を洗っている若い男の人の背中が見えた。

「あのっ！」

息せき切って声をかける。彼が、水に浸した藁束を馬の背にあてたままで、ゆっくりと振り返った。

「なんだ、清花か」

「千冬？　どうして馬の手入れなんかしてるのっ」

あたしは、口に手をあてて馬の側に立つ千冬を見た。

千冬は、最初に菊理の宮の邸で見たときに着ていたものより、衣の重ねが少ないものを着ている。

さっきのものが外出着だとしたら、今着ているものは日常着なのだろうか。

それでも、足首を紐で括った濃紺の袴の色は鮮やかで、浅黄色の衣も端正だ。普段着にしても十分高級なものだということはあたしにもわかる。

千冬が、慣れた手付きで馬の背に乗せている、多分、この世界のブラシ代わりになっているらしい藁束を動かした。

「自分の馬の手入れをしているのは、そんなに驚くことか」

自分が濡れるのも構わず、千冬は馬の躯を洗い続けている。

「驚くっていうか……。こういうのって、普通は家で雇ってる人がやるんじゃないの？　千冬は、これだけ大きなお邸に住んでいるんだから……」

「確かに、父が生きていた頃は、貴族の嫡男が馬の世話などするな、下賤な仕事は家人に任せておけばいいといわれたものだ」

「下賤とまではいわないけど……」

思わず口ごもったあたしは、千冬の言葉の一つに気付いて、あっと口ごもった。

「生きてた頃って……、千冬もお父さんを亡くしているの？」

「ああ、もう二年になる。母もその後すぐに亡くなった」

馬を洗う手を止めずに淡々という。

「じゃあ、千冬もあたしと一緒だったんだ……」

「おまえは養い親を亡くしたといっていたな。おまえにとっては、実の親以上の、大事な親のようだが」

「うん。だってあたし、実の親って知らないんだもん。親っていえばお父さんとお母さんのことだし、二人とも大好きで、とっても大切だったんだよ」

「そうか。……いいな」

静かな千冬の声の調子に、思わず顔を上げる。千冬が、あたしから視線を外して馬を洗い続けながらゆっくりといった。

「おまえは、好意を向けてくる者を疑わない。親に愛されて幸せに育った証拠だ」

「そう……かな。特別、そんなこと考えたことなかったけど」

誉められることは嬉しいけど、少し照れくさい。

千冬が、あたしを振り返ってからかうように笑った。

「単に、世間知らずともいうけどな」

「なによ、それ！」

思わず言い返そうとしたとき、千冬の馬が嘶いた。脚を上下させて、濡れた躯を大きく振るわせる。

「やっ！」

とっさに悲鳴を上げ、飛び散ってきた水を袖で避けて顔を隠す。今までたくし上げていた衣の長い裾が、ばさりと地に落ちた。

反射的に後ずさった踵で、土に広がった裾を踏む。

「――――ッ！」

いけないと思った時には、もう後ろに体が傾いていた。

「いっ、痛……」

子供みたいに、両手を地面についてぺたんと尻餅をついてしまったあたしは、お尻と両手の痛みを堪えながら顔をしかめて目を上げた。

なんとか立ち上がろうとしたけれど、踏んづけてしまった衣の裾は重く、羽織っている華やかな色の衣までずり落ちてくる。

上手く立てない自分に苛立っていると、千冬が無造作にあたしに手を差し伸べて、立ち上がらせてくれた。

「あ……ありがと」

そう言って目を上げたあたしの顔を、千冬が目を眇《すが》めて見る。

あたしは、思いっきり転んだ一部始終を見られたのが恥ずかしくて、顔を赤くして眉を顰《ひそ》めた。

「なによ、着慣れないものを着てるんだもん、転んだって仕方ないじゃない！」

「いや、そうじゃない」

恥ずかし紛れに怒ってしまったのに、まるで肩透かしのように千冬の表情は固い。着物が着崩れてしまっている、みっともないあたしの姿を頭から爪先まで見下ろした。

「まったく別人だとわかっているのに、おまえと虹子の顔は、見間違えるほど似ていると思っただけだ」

あたしはどう返事をすればいいのかわからず、唇を噛む。千冬は、苦いものを含んだように眉を顰めた。

「清花、俺が湖でおまえを助けたのは偶然じゃない」

「え……？」

「昨夜遅く、虹子から文が届いた。明け方、世保平坂湖に行くようにと。だから俺は、おまえを助ける事ができた」

「虹子が、そんなこと……」

あたしは呆然とつぶやいてしまう。

虹子は、あたしをあたしの家から異界の湖に連れてきただけではなく、その場に千冬を居合わせさせることまでしていたのか。

「――虹子とあたしは実の姉妹で、あたしの本当の母親っていう人は、千冬の乳母だったんだよね……？」

「ああ、そうだ。おまえと虹子は、乳母の夏野《なつの》と生き写しだ」

「そんなに似てるんだ……」

あたしは両手で自分の頬に触れる。

自分と似た顔の人がいるということが、あたしはよくわからない。

死んでしまったお父さんとお母さんは、当然あたしと似ていなかった。

清花には、本当のお母さんがいるから私達とは似ていないんだよって、お父さんとお母さんはよくいっていたけど……。

「でも結局、あたしは本当の母親を見たことないんだよ？　父親だって知らない。それなのに、実の母が千冬の乳母だったたって理由だけで、千冬に仕えろなんて……」

「虹子はそんなことをいっていたな。……だが、俺はおまえに仕えてもらうつもりはない」

淡々とした千冬の声が、あたしの胸に突き刺さる。あたしは、はっと息をのんで千冬を見上げた。

千冬が、あたしを真正面から見つめて、少し困ったように笑う。

「俺を呼び捨てにするような女が、生まれがどうのという理由で、従順に俺に従うとは思えないからな」

「そ、そうだよ……！　あたしのことは、あたしが決めるんだから！」

気力を振り絞って、強気な言葉をいってみる。

——本当は、不安で不安でたまらない。

こんな見知らぬ世界にいきなり連れてこられて、誰も知っている人がいなくて……。ここではじめて助けてくれた人が、千冬だったんだ。

千冬に、強引にでも「俺に仕えて、側にいろ」といってもらえたら、きっとこの不安感も消えて無くなる……。

あたしは、無意識にそんなことを考えてしまった自分の情けなさに気づいて、首を大きく横に振った。

気を紛らわせるように、千冬がついさっきまで洗っていた、漆黒の馬のところへ恐る恐る近づいてみる。

この馬には、千冬に抱かれるようにして菊理の宮の邸からここまで乗ってきたけれど、一人で大きな馬に近づいてみるのはちょっと怖い。

千冬の馬が、あたしの方に首を巡らす。

思わず、びくっと身をすくめたあたしに、馬の方から顔を近づけてきた。

たてがみからしっぽまで真っ黒な千冬の馬は、瞳も漆黒で、なんだかすごく優しい目をしている。

おずおずと手を伸ばすと、馬が頬をあたしの手のひらにすり寄せてきた。固い毛の手触りがくすぐったい。

「珍しいな。天河《てんが》が知らない人間に懐くなんて。普段、こいつは俺以外に世話をさせないほど気が荒いんだ」

「そうなの？」

とっさに振り返って千冬に尋ねる。すると、天河という名前の漆黒の馬は、ますますあたしに甘えるような仕草を見せた。

「いったい、清花のどこが気に入ったんだ、天河」

千冬が天河の轡《くつわ》を取りながら問い掛ける。

天河は、まだあたしの側にいたいような様子で前足を軽く踏みならした。でも、千冬が優しく首を叩くと、とたんに大人しくなる。

「厩舎に戻してくる。清花はここで待っていろ。下手に歩いて、また転ぶと面倒だ」

「もう転ばない！」

あたしは両手で衣と袴の裾をたくし上げ、天河を連れて厩舎へ向かう千冬を追った。千冬は、大きな厩舎をぐるりと巡って出入り口の扉を開ける。

そこはあたしがさっき見た通り、一頭の馬も繋がれていない。

「ねえ、どうして他に馬がいないの？」

千冬と天河の後に続いて、乾いた藁と動物の匂いのする馬房を一つ一つ覗きながら歩く。千冬が、大きな厩舎のちょうど真ん中くらいの馬房に天河を入れた。

「事情があってね……。他の馬は、全部別邸に移したし、大半の使用人も一緒に行かせた。この館には、いま、俺と芙蓉と、おまえしかいない」

「え？　でも、あたし湯殿ってところで女童の子達に世話をしてもらったよ？　芙蓉も一緒だったし……」

そういいかけて、あたしは湯殿の後に通された部屋で、一人っきりにされたことを思い出した。その部屋で待つようにいわれたものの、誰も来ないものだから、一人でこの厩舎までやってきたのだ。

もしかして、あたしが部屋で一人で座っていた時刻に、この館の人達は別邸というところに移動して行ったのだろうか。

いったいなぜ、こんな大きな館にあたしたち三人だけが残されているのだろうか。

千冬が、馬房の中に収まった天河の額を撫でながら事も無げにいった。

「女房のなかで芙蓉だけは残ってくれたが、人手がないからな。おまえには、いろいろ不自由をさせるかもしれないが……」

「そんなのかまわないよ。ねえ、事情ってなんなの？」

あたしは千冬の言葉を遮って、千冬の衣の袖を掴んだ。

問うように千冬があたしを見下ろす。いつも通りの清々しい美貌だったけど、あたしは千冬が何か隠しているように思えた。

「いったい、なにが起きているの!? こんなに慌ただしく、邸の人を別の場所に移動させた理由ってなんなの？ もしかして、あたしのせい？ あたしが、世保平坂湖ってところを渡ってこっちに来たせいで……」

「清花のせいじゃない」

きっぱりと千冬がいう。

あたしは息をのんで、千冬を見上げた。千冬は天河の馬房の仕切棒を落とし、あたしに背を向けて厩舎を出ていく。あたしもそれを追った。

隣りに並んで顔を上げたあたしを、千冬が見る。ふわりと柔らかく微笑み、あたしの頭の上に手のひらを置いた。

「心配するな、おまえのことは俺がなんとかする。世保平坂湖の水の中で抱き締めた時から、その覚悟は出来ていた」

「あたしを助けてくれたのは、虹子から知らせがあったからでしょう？　千冬は、あたしになんの責任もないじゃない」

「責任はある」

「え？」

まっすぐ前を見て歩き続ける千冬は、あたしのことを見ていない。どこか遠くを見据えているような目をしていた。

「虹子が、おまえにいっただろう。特異の巫女として出仕した自分に成り代わり、俺を護れと。虹子がおまえをこの地に呼び寄せたのは、俺に仕えさせるためだ。――世の理を曲げてまで、虹子がおまえにしたことの代償は、俺が払う」

千冬の言葉には迷いがない。あたしは、よくわからなくて首を振った。

「それ、千冬のせいじゃないよ！　どうして虹子がしたことにまで、千冬が責任を感じなきゃいけないの？」

そういったあたしを、千冬が驚いた目で見下ろした。すぐに小さく笑う。

「乳兄妹がした不都合を正すのは、当主として当然のことだ」

虹子と千冬の深い繋がりを感じる言葉だ。そう思ったら突然、胸が痛いような苦しいような気持ちになった。

「乳兄妹って、そんなに大事なんだ……」

「虹子は、子供の頃から一緒だったからな。夏野……、俺の乳母で虹子の母親が、ある日突然、俺達を置いて姿を消した後も、ずっと」

「あっ……」

千冬の乳母で虹子の母だった人は、あたしの実の母親だ。その夏野という人に、どんな事情があったのか、あたしにはわからない。

けれど、千冬と虹子にとっては、信じていた大切な人に、突然、捨てられたようなものだったのだろう。

千冬が、どこか遠くをみるようにしていった。

「虹子と俺は、大きな館の中で二人きりになってしまった。身の回りの世話をしてくれる使用人はいても、親身に心をかけてくれる者はいない。……だが、その頃から虹子は俺より大人だったんだろうな。俺と同い年なのに、姿を消した夏野に成り代わって、俺の世話をしようとしてくれた」

昔を語る千冬の様子に、ちりっと気持ちの隅が焦げる。そんな自分に気付きたくなくて、とっさに思いついたことを口にした。

「虹子のお父さんはどこにいるの。あたしの本当の父親とは、別の人なんだよね？」

「虹子の父は、地方を転々としていた受領《ずりょう》だったが、虹子が生まれる前に亡くなったと聞いている。おまえの父は、誰なのか俺は知らないんだ」

「そう……」

千冬の声にうなずく。

虹子の母……あたしの実のお母さんは、千冬の乳母をしていた時に誰かと恋をして、あたしを身籠ったのだろう。そして世保平坂湖を越えて……。

そこまで考えて、あたしははっとした。

世保平坂湖は、この地と黄泉とを繋ぐ水路だと菊理の宮がいっていた。

そこを超えるということは、あたしが最初に湖に落ちたみたいに、水の中に沈むことなんじゃないんだろうか。それって、湖に身を投げたということなんじゃないだろうか。

――あたしの実の母は、死のうとして湖に身を投げて……。なのに生きて黄泉……あたしが暮らしていた世界に生きて辿り着いてしまったのか。

そして何かの偶然で、お父さんとお母さんに出会い、あたしが生まれて……。お父さんとお母さんにあたしと懐剣とを託し、また何処かへ行ってしまった……。

「千冬！　あたしの懐剣、返して！」

あたしは後先も考えずに千冬の袖を力一杯引く。千冬があたしに向き直り、肩に両手を乗せた。

「いずれ返してやるから、心配するな」

千冬の端正で真剣な顔が目の前にあって、一瞬、息をのみそうになる。だけど、気力を振り絞ってまっすぐに見つめ返した。

「千冬はずっと何かを隠してる！　知ってることがあるなら、すぐに教えてよ！　内緒にされてばっかりじゃ、あたしはますますわけがわからなくなっちゃうよ！」

叫んだあたしを、千冬が突然強く引き寄せる。

両肩を掴んでいたはずの腕が背中にまわされて、あたしは千冬の体の中にすっぽりと抱き締められていた。

思わず息をのんだあたしの耳元で、千冬が低い声で呟いた。

「落ち着け、隠しているわけじゃない。おまえはまだ、この地に渡ってきたばかりなんだ。一つ一つ、確かめながら動いた方がいい」

「千冬……」

言葉の続きが出てこない。高ぶっていた気持ちが、抱き締められている腕の力強さになだめられるみたいに落ち着いてくる。

千冬の腕の中にいると、その言葉以上に護られてると実感出来る。

あたしは千冬に促されて、館の長廊下に続く階を登った。広い庭を囲むように続く長廊下の先の部屋に千冬に招かれて入る。

そこは、あたしが先に通された部屋よりもさらに豪奢な調度で飾られた、立派な部屋だった。

金糸銀糸の刺繍が美しい布をかけた、部屋を仕切る几帳の影に誘われ、あたしは千冬と隣り合うようにしてそこに座る。

部屋の中で千冬を間近に感じると、胸が高鳴るのは何故だろう。

あたしのことで、千冬は何かを隠している。それが気になって仕方ないのに、それとはまったく別の部分で、あたしは千冬に惹かれているのかもしれないと思う。

あたしを湖から救い上げてくれた、この人に……。

「――千冬、あたし……」

千冬が、あたしの頬に手を添えた。間近で瞳を覗き込まれて、息がつまりそうになる。

「今は、なにも聞くな。清花」

言葉と共に、あたしの唇に、少し冷たい唇が触れた。

あたしは几帳の影にそっと横たえられる。覆いかぶさるようにして身を重ねてきた千冬の、口づけの雨をただ受け止めた。

菊理の宮の館ではじめてキスをされたときは、わけがわからなくて、泣き出してしまった。抱きしめられて熱い舌をねじ込まれ、体の中から蹂躙されるような、そんな恐ろしさに身が竦《すく》んで……。

なのに、体の奥だけが、きゅんと絞られるような、甘く痛い感じがしたことを思い出す。

その時、千冬がいっていた言葉も……。

——清花は、その名の通りの清い身だった……ということだろうな。同じ顔をしていても、虹子とはまったく違う。

千冬の声をまざまざと思い出すけれど、あたしは、それをどう千冬に尋ねればいいのかわからない。

あたしは、こんな風に男の人に抱き締められたことなんかない。でも、虹子はこういうことを、男の人といつもしていた……という意味なんだろうか。

もしかしたら、千冬は虹子とも……？

そう思った瞬間、すうっとあたしの頭から血の気が下がった。あたしの体の強張りに気づいたように、千冬があたしの瞳を間近で覗き込む。

あたしは千冬の端正な顔を見上げるのが怖くて、ぎゅっと目を閉じて横を向いた。

「千冬は……、虹子ともこんなことしていたの……？」

問いかけた声は、自分でも情けなくなるくらい震えている。千冬が、小さく息をついて、あたしの体をしっかりと抱き締めた。

「――いいや、血の繋がりは無くても子供の頃からずっと一緒に育ったんだ。こんな風に、虹子に触れたいと思ったことはない」

「じゃあ……なんで、あたしにはこんなことするの……っ」

その問に答えるように、千冬があたしの頬に手を添える。そっと指を喉の方へ動かされると、顔を背けているせいで顕《あらわ》になっているあたしの首筋に、千冬がそっと口づけた。

体が勝手に戦慄いてしまう。

「理由を告げなければ、清花を抱いてはいけないのか……？」

「ん……ッ……！」

首筋を強く吸い上げられて、その甘痒いような僅かな痛みに眉をひそめる。

千冬は、肩までしかないあたしの髪を鼻先でくすぐるようにしながら、強く吸い上げるキスを、何度も何度も、少しずつ位置を変えて続けている。

千冬が僅かに顔を上げて、キスを重ねたあたしの首筋に指先を添わせた。

「おまえの白い肌に、赤い痕がついたぞ……。こんな痕を、誰かにつけられたことはあるか」

「そんなの……、あるわけないよ……っ」

涙が勝手に浮かび上がって頬に流れる。

声を殺して泣くあたしの眦《まなじり》に、千冬の唇がそっと触れた。

「……許せよ、清花」

語尾が掠れて消える、甘い声音が耳に注ぎ込まれる。あたしはため息をつくようにして、こみ上げてくる涙を堪えた。

――逃げ出したい、逃げ出さなければ。

そう思うのに、千冬に抱かれている体は、まるであたしのものではなくなったかのように、まったく力が入らない。

「どうして……っ……」

あたしの問いに、千冬はなにも答えない。ただ、あたしの唇に小さなキスを重ねながら、指先であたしがまとっている衣の合わせを探った。

何枚も重なっている衣の合わせを押し広げるようにして、大きな手のひらがあたしの胸元に入り込む。

あたしは、次から次に溢れてくる涙をこぼしながら、力なく首を横に振った。

「清花……」

千冬があたしの名を呼んで、あたしの唇に唇を重ねた。舌先で唇をなぞられて、思わず唇を開いてしまう。

「……ん、ぅ……」

合わされた唇から吐息がもれる。千冬の熱い舌があたしの口腔を舐め上げ、怯えて竦むあたしの舌を絡め取った。

くちゅ、くちゅ……と、唇の角度を変えられるたびに淫らな水音がたつ。

あまりの恥ずかしさに身を捩ろうとすると、千冬の大きな手があたしの肩にかかった。動きを封じられて、あたしははっと目を上げた。

「――や……ッ……」

千冬の手が、あたしの衣の合わせをさらに大きく割り開く。あたしの両方の胸が、はらりと衣の合わせからこぼれ出した。

千冬の目の前にさらされたあたしの両胸は、緊張と恐怖のせいで震えている。それなのに、胸の先端はピンク色に色づいて尖ってしまっていた。

「やだっ、恥ずかし……！」

反射的に両手で隠そうとしたが、千冬の手で止められた。

「ダメだ、見せなさい」

冷たく聞こえるほど平坦な声が、あたしに命じる。

千冬があたしの両手を片手でまとめて掴み上げ、あたしの頭の上の床に押し付けるようにして固定した。

衣の合わせからあふれ出たままの、あたしの両胸を冷静な視線で見下ろす。

あたしは羞恥に震えながら顔を背けて唇を噛み、千冬の視線に必死で耐えた。

「――美しい、白い肌だ。湖で見たお前も美しかったが……」

言葉と共に、千冬の唇があたしの胸の先端に触れた。

ぴんと尖った乳首だけを含まれ、舌先で転がされてしまう。

「ん……んッ」

見られているという恥ずかしさで、すでに色づいて尖っていた乳首に与えられる、生まれて初めての愛撫は、舌で転がされるだけであっても痛みを伴う。

千冬の唇があたしの乳首を吸い、あたしが短い声を上げると、いっとき離して、舌全体で押し潰すようになぶり続ける。

あたしは痛みだけしか感じなかったはずの胸先から、じんわりとした快感めいたものが広がりはじめたのに気づいて、首を横に振った。

「いや……ぁ、怖い……っ……」

「大丈夫だ、清花。おまえが恐れることはない」

そういうと、千冬はあたしの両手をまとめ掴んでいた手を離す。両手であたしの胸を下から包み込むようにして、柔らかく揉みしだいた。

「——ぁ、ん……っ……」

「ほら、こうされると気持ちがよくなってくるだろう……？」

手のひらであたしの両胸を下から押し上げるようにしながら、親指の腹で乳首を優しく撫でられる。

あたしは千冬にされるがままになりながら、体の底からどうしようもなくこみ上げて来る快感を押さえ込もうと息を殺した。

菊理の宮の館で、突然、千冬にキスをされたとき感じた、お腹の奥の方がじんじんと熱くなる、あの感じ……。

なんでこんな気持ちになるのかわからない、あの見知らぬ快楽の予感……。それが、この恥ずかしくて堪らない気持ちを覆い隠し、あたしがあたしでなくなってしまう気がするのが、怖い。

「怖い……、こわいよぅ……、千冬……ッ……！」

「怖いなら、こうしていろ」

千冬がそういって、あたしの両手を千冬の首に回させる。

あたしは、しっかりとした筋肉を感じさせる千冬の首筋に両手を絡ませて、あたしの上に跨っている千冬に縋った。

千冬の手があたしの腰の衣に触れる。帯の結びが緩んではだけた腰の合わせを、ぐっと押し開いた。

「――――やッ……！」

元の世界のような下着を身に着けていないあたしは、反射的に両腿をすりあわせて、その部分を隠そうとした。

けれど千冬の手は、そんなあたしの羞恥になど構わず、あたしの両足の付け根を辿って中心の淡い茂みに触れた。

軽く擽《くすぐ》るようにして、強くすり合わせたあたしの両腿の間の割れ目に、指先を忍ばせてくる。

「ほら、力を抜きなさい。……自分で、ここを触ってみたことはあるか？」

吐息混じりの声音で問いかけられる。

あたしは必死で首を横に振った。

千冬が、今度は吐息だけで笑う。

「そうか……。じゃあ、教えてやろう。どんなに清らかな姫君であっても、女人の体には、触れられるだけで気持ちが良くなる場所があるんだ」

「――ぇ……、ん……っ！」

その瞬間、じんとした痛痒いような痺れが、両足の間に湧き上がった。

あたしの両腿の間に入り込んでいる千冬の指が、割れ目を押し広げて、前の方にあるちょっとだけ尖った部分をやんわりと押している。

「やだ……、なに……？」

あたしは目を上げて、間近にある千冬の瞳を見上げた。千冬が、僅かに瞳の形だけ笑う。

「本当に、なにも知らないんだな。……ほら、膝を立てて足を広げなさい」

普段だったら、こんな風に命じられても、絶対にいうがままになどならない。

それなのに、千冬の逞しい体の下で、今まで知らなかった感覚ばかりを味わわされているせいで、あたしは半ば無意識に千冬に従ってしまう。

おずおずと膝を立てると、千冬の手があたしの腿の内側に触れて、一気にぐいっと大きく開かされた。

「やッ……！」

反射的に閉じようとした両足の間に、千冬の腰をねじ込まれる。

そのまま、千冬の体を両腿で挟み込む姿勢を取らされ、あたしは泣きたいような気持ちになった。

千冬が、少し困ったかのように微笑む。

「そんな顔をするな……。清らかな姫君を、無理矢理犯しているような気持ちになるだろう」

「だって……。――――んんッ！」

抗議の声が嬌声に変わってしまう。

大きく開かされているあたしの足の間を、千冬の長い指がすうっと撫でたからだ。そして、両足のちょうど真ん中のあたりで指先が止まった。

「ほら、わかるか……？　女人は誰しも、ここで男のものを受け挿れる」

そういうと、千冬の指が大きく開かされている足の間の、秘めた襞の奥に触れた。

ひくんと、あたし体が跳ねる。

「や……だ……」

優しくその部分をなぞるように撫でる千冬の指に、水気が絡みついているのがわかる。あたしの体の中から、あたしが知らないうちに蜜が溢れ出している。

どうしていいのかわからず、体を震えさせるだけしかできないあたしの両足の間に、千冬のもう一方の手が入り込んだ。

蜜を溢れさせている部分より前の方……先程、千冬の指で押すように刺激されたせいで、小さく尖ってうずく部分をきゅっと抓《つま》まれる。

「やん……ッ！」

じん、と体全体にその部分から快感のようなものが広がった。自分の体なのに、自分ではどうすることも出来ない感覚を与えられるのが怖い。

それなのに、千冬の指はあたしの前の方の小さな部分と、男性を受け挿れた経験もないのに、蜜を溢れさせてひくつく部分、両方を同時に刺激する。

「だめ……、だめ、もう止めて……ッ」

今までまったく知らないでいた、じりじりと疼くような感覚がどんどん強くなってくる。あたしは必死で手を伸ばして、千冬の肩を掴んだ。

それなのに、千冬はあたしの抵抗などまったく気にせずに上体を起こした。掴むところがなくなってしまったあたしの手は、力なく床に落ちてしまう。

結びが緩んだ帯と、乱れた衣がまとわりついた体を千冬の前に晒されて、大きく開かされている胸元から溢れた裸の胸は、激しく息をするたびに上下して揺れる。

左右に割り広げられた両足の間にいる千冬を、あたしは熱で潤んでいるような、ぼんやりとした視界で見た。

千冬が、こんな淫らなことをしている最中とは思えないような、清廉な笑みをあたしに向けた。

「清花、本当はもう、気持ちがよくて堪らなくなっているんじゃないのか……？」

「――んー……っ……！」

静かな問いかけと共に、蜜で濡れてひくついているあたしの中に、何かが挿り込んできた。

大きく開かされた両足の前のほう、痛いほど尖っている小さな突起を、千冬の親指が転がすように押す愛撫を続けながら、あたしの中に、細く長い中指を少しずつ埋めているのだ。

「大丈夫だ、これだけ濡れていれば痛くないだろう……？」

問いかけるようにあたしの耳元に身を伏せて、千冬が甘く囁く。そして、あたしの中をゆるゆると指でかき回した。

「やだ……、やだぁ……」

大きく開かされた足の間……、千冬の指が埋められている部分から、とろとろと蜜が溢れているのがわかる。

こんな恥ずかしいことをされているのに、体の中で千冬に絡みつくあたしの蜜は、もっと深くと千冬を誘っているかのように、くちゅくちゅと卑猥な音をたてる。

あたしは両手で顔を覆って、息をするたびに上下している裸の胸と、尖りきってピンク色に色づいている乳首を視界から覆い隠した。

じん、とお腹の奥が熱い。

千冬の指が埋まっているのは、あたしの中のほんの浅い部分だ。

あたしの未熟な体が、男の人に触れられる快感に慣れるのを待っているかのように、ほんの少しずつ指を進めて、あたしの中からあふれる蜜をまとわり付かせる。

触れられている部分は熱くてじんじんと疼いて、こんなところを見られて、恥ずかしくて死にそうな気さえするのに、あたしの体の中の、もっともっと深い部分が――。あたしが知らない何かが欲しいと、体の中からあたしを震えさせて……。

「――千冬……ッ、あたし……、あたし……！」

どうすればいいのか堪らなくなって、あたしは千冬の指先を体の中に呑み込んだまま身を捩った。

そのせいで、より深く千冬の指先で体の中から刺激されてしまい、声にならない声を上げる。

千冬が吐息だけで笑って、あたしの中からゆっくり指を引き抜いた。

「何も知らない体でも、この先にもっと強い愉悦があると気づくものなのか……。清花、お前が望むものをやろう」

千冬の声は、まるで水の中で聞く音のようにぼんやりとくぐもっている。あたしは肩で息をつきながら、涙で潤んで滲《にじ》む目を千冬に向けた。

千冬が、あたしを安心させるかのように微笑み、ゆったりと着た衣の腰帯に手をかける。衣擦れの音が聞こえたかと思うと、あたしの開かされたままの両足の間に、なにかひどく熱いものが触れた。

「――――ん……っ……」

両足の間の割れ目を、指でぐっと押し開かれる。

あたしの中から溢れ出て流れる蜜を、押しつけられた熱いものにまとわり付かせるように、二度、三度と足の間でそれがうごめく。

千冬の指を埋められて、いきなり抜かれた部分、まだとろとろと蜜が溢れ出ている、熱くひくつくそこに、あたしの蜜をまとった千冬のものが、ぐっと押しつけられた。

「ッ…………！」

指とは比べ物にならないほど大きくて固く、火傷をしそうに熱いものが、あたしの中の襞を押し広げながら挿ってくる。

大きく広げさせられているあたしの両腿は、千冬の手がしっかりと掴んで、無意識に逃げ出そうとするあたしの体を、ぐっと自らの腰へと引き寄せた。

「いた……ぃ……っ」

体の中を、熱くて堪らないもので押し広げられる。その痛みを訴えるあたしの声は、すっかり掠れた涙声になってしまっている。

千冬が短い息をつき、あたしの両腿を支えていた手を離した。あたしの顔の横に手をつくと、ぎゅっと目をつむって涙を流しているあたしの眦に優しく口づけた。

「――千冬……っ……」

あたしは雄々しい千冬のもので体を繋がれたまま、そっと目を上げて間近にある千冬の瞳を見上げた。

千冬が、少しだけ笑ってあたしの額に、頬に、何度もキスの雨を降らせる。

「本当に、痛いだけか……？　清花」

あたしの名を呼ぶ、その声音が甘く切なく聞こえてしまう。

あたしは千冬の重みを体全体で感じながら、お腹の奥の、まだ千冬の熱く固いものが届いていない部分が、じんじんと疼いているような気がして、戸惑いながら首を横に振った。

千冬が、まるでご褒美のようなキスをあたしの唇に落とす。そしてほんの少しずつ腰を進めていった。

「あん……っ、――ん……ッ、ん……！」

千冬に腰を動かされるたびに、短い悲鳴を上げてしまう。

体を重ねられしっかりと抱き締められながら、あたしはあたしの中で熱く滾《たぎ》っている千冬のものを感じ、だんだん意識が朦朧としていくのを感じていた。

男の人に体を拓かれた経験などない体は、中に挿ってきた硬く大きなものに、襞を押し広げられる痛みに震えている。

けれど、千冬にはじめてキスをされたときに感じた、お腹の奥がきゅうっとする、あの感覚が、なんだかどんどん強くなっている。

あたしの中をぎゅうぎゅうにして、硬く滾っている千冬のものが、あたしのお腹の奥まで届く。千冬のもので中をかき回されて、あたしは頭の中が真っ白になった。

「――――ぁ……っ……」

急激に意識が遠のいていく。

それなのに、あたしの体はあたしの意識とはまるで無関係であるかのように、体内に埋まっている千冬のものをぎゅうっと締め付けた。

あたしを抱きしめている、千冬の腕に力がこもる。

「清花、……許せ」

許せといわれたのは、二度目だ。

うっすらと消えそうな意識の中でそう思いながら、あたしは体の中に注ぎ込まれる熱い迸《ほとばし》り

を感じていた。

「ぁ……、千冬…………」

うわ言のように千冬の名を呼ぶと、応えるように千冬があたしを強く抱き締めてくれる。

「大丈夫か、清花」

荒い息を抑えるような声音が、あたしの耳に届く。あたしは、微かに頷いて千冬の胸にすがりついた。

千冬があたしを気遣うように髪を撫でてくれる。そして、まだあたしの中に埋まっている、千冬のものをずるりと抜いた。

「んッ……！」

ぞくぞくと背中に快感の名残が走る。

千冬が僅かに体を起こし、乱れきったあたしの衣の腰のあたりを見下ろした。つられるように、あたしも自分の足の方を見る。

あたしの中から溢れた蜜と、あたしの中で迸った千冬の精。そして男性に体をはじめて拓かれた証の血の色が、一番下に着ていた襦袢《じゅばん》の生地にじんわりと広がっていた。

「やだ……恥ずかし……っ……」

反射的に足をすりあわせて、恥ずかしい染みを隠そうとする。千冬が吐息で笑って、あたしの裸の肩に、乱れた衣の上着を着せかけてくれた。

「隠すなよ。血の穢れは、俺の下で快感に身を捩っていた姫君が、生娘《きむすめ》だった証だ」

言葉にされると、ますます恥ずかしくて堪らない。

あたしは頬が真っ赤になるのを感じながら、散々に乱れている衣の前をかき合わせた。緩んだ帯を結び直そうとしたが、焦っているせいか上手く結べない。

それでもなんとか出来ないかと、あたしが四苦八苦している横で、千冬が自らの衣を手早く整えた。そしてごく自然に、あたしがどうしても結べない帯を結んでくれた。

「あ……ありがとう……」

自分一人で衣を整えることすらできない恥ずかしさを堪えて礼をいう。千冬が、あたしの肩に、ふわりと薄い衣を着せかけてくれた。

「気にするな。この都に住まう身分の高い姫君は、自分一人で衣をまとうことなど出来なくて当然だ」

あたしは何と返事をすればいいのかわからなくなって、ぎゅっと唇を閉じて俯いた。

――あたしは、この都の姫君じゃない。

身分などというものがない世界で育って、なにもわからないまま、この世界の湖に落とされた。

そして、千冬とこんなことをしてしまった今も……あたしは、あたしのことが何もわからない……。

ぼんやりとそんな想いに囚われていた、その瞬間。あたしは、わけがわからない強烈な違和感を感じて、はっと顔を上げた。

「——え……っ」

ぞわりと全身に震えが走る。強い恐怖に似た感情が……災いが、ここではない何処かから、この館めがけてやってくる……!?

千冬が、震えているあたしの腕を強く掴んだ。

「どうかしたのか、清花」

「なにか……来る。——この館に来るよ！　千冬っ」

あたしは理屈も理由もわからないまま、千冬に縋った。

あたしの中の何かが、外からやってくる災いに気づいて蠢《うごめ》き出そうとしている。

なんなのかわからない。わからないけど——怖い！

千冬の表情が、さっと真剣なものに替わった。

「化物の気配か!?　先の辻で見たような怪異か！」

あたしは、「わからない」と言おうとして口を開きかける。けれど、あたしはどうしても、そういいだせなかった。

あたしの中の何かが、これからやってくる災いを知っているからだ。

あたしが見たくない、あたしの中の何かが、体の内側から滲み出てきそうだ。堪えようと思えば思うほど、ひどい気持ちの悪さに襲われる。

いったい何なの、あたしはどうなってるの!?

そう思うことさえもが、どうしようもない不快感で掻き消えてしまいそうになる。

これは……千冬と一緒にはじめて化物を見たときの、あの感じだ。

大勢の人が歩いていた往来に、炎を纏った化物が現れたときに感じたものだ。

あたしがあたしじゃなくなるような……、手足の先から、あたしじゃない怖いものが出てきてしまいそうな、世界が反転するような……。

「清花、しっかりしろ！」

言葉と一緒に、千冬があたしを強く抱き込んでくれた。

あたしは、どうしようもない気持ちの悪さを堪えてきつくつむっていた目を上げる。

白黒が反転した色の無い世界の中で、御簾の向こうが薄赤く光っている。

禍々《まがまが》しい気配が、赤い光の向こうからやってくる。

あたしは、千冬の胸に抱かれたままぎゅっと目を閉じた。手のひらに、千冬の懐に入っている固い物が触れる。衣越しに、それを必死で握り締めた。

その手触りだけで、気持ちの悪さはずいぶん落ち着いた。だけど、近づいてくる禍々しさは消えない。むしろ強くなっている。

「千冬……逃げて……っ」

冬の衣越しに懐剣を握り締めながら、苦しさを吐き出すようにいってしまう。何の根拠も無いってわかっていても、いわずにはいられない。

千冬が、小さく舌打ちをした。

「ここにいることも出来ないか……！　清花、外に出るぞ」

そういうと、千冬があたしに手を貸して立ち上がらせる。そして、脇の下と膝の下に手を差し入れて、横抱きに抱き上げた。そのまま御簾の向こうの長廊下に連れ出される。

「――千冬様っ」

遠くの方から芙蓉の叫ぶ声が聞こえた。

あたしは千冬に抱き上げられたまま、苦しい息を堪えて声のする方を見た。

千冬の衣の中の懐剣を握り締めているから、なんとか堪えていられるけど、今にも気が遠くなりそうだ。

「芙蓉！　ここだ」

千冬が芙蓉を呼ぶ。

長廊下の向こうから、女房装束の長い衣を両手で胸高く集めて駆けてくる芙蓉が見えた。芙蓉は、青ざめて怯えた顔をしている。

「千冬様、四の鳳《おおとり》が寝殿の屋根に降り立ちました」

「やはり鳳か！　今日こそ追って、居場所を突き止めてやる。清花を見ていてくれ、天河に鞍を駆けてくる」

「心得ました」

抱かれていた体を長廊下に下ろされる。力の入らない手から、千冬の衣の中の懐剣の手触りが消えた。

ざわ、と体の中で何かが蠢く。

どうしようもなく怖くて、あたしは必死で体を折り曲げた。衣越しに懐剣を握っていた時は、まだ堪える事ができた気持ちの悪さがぶり返してくる。

「清花様、御気分がお悪いのですね。もう少し御辛抱下さいませ。わたくしが手当して差し上げますわ」

「あたしは大丈夫、千冬に何かあったの？」

あたしの背中を支えてくれる芙蓉の心配そうな声を、無理矢理遮って聞く。芙蓉の手が、びくっと震えた気がした。

あたしは、苦しさを堪えながら目を上げる。

芙蓉が、わずかに目を細めてあたしを見た。見透かされてるような……と思い、すぐに芙蓉の特異の力のことを思い出す。

相手の記憶を読み、視ることができる芙蓉には、あたしが千冬と何をしていたのか知られてしまっている……。

恥ずかしさといたたまれなさで、身がすくみそうになる。けれどあたしは、気力を振り絞って、芙蓉をまっすぐに見据えた。

「なにがおきているのか、あたしにも教えて！　あたしだけ、わけがわからないままでいるのは嫌なの！」

あたしの覚悟を芙蓉は読み取ってくれたらしい。硬い表情でうなずいた。

「わかりました……。宮廷のならわしが関わってまいります。こちらに来たばかりの清花様には、理解しづらいところがあるかもしれません、ご了解くださいませ。――――先程、この邸の屋根に、御代替わりの四度の鳳が立ったのでございます。鳳とは、帝の御威光が顕現した霊獣。宮廷のならわしでは、女帝の夫となるべき公達《きんだち》の館に五度舞い降りるとされています。鳳がこの館に降り立ったのは、今日で四度目。あと一度、この館に舞い降りれば、千冬様と今上、天照女帝の婚礼の印になりますわ」

「婚礼の……印……？」

聞きなれない言葉ばかりで、その意味をすべて理解できたかどうか自信がない。

けれど、芙蓉の声音は、切羽詰まっていて、なんとかしなければいけない現実がここにあることを感じさせた。

芙蓉が、真剣な眼差しであたしを見つめる。

「鳳は天照女帝が御懐妊なされた時、父帝となられる公達の館に五度舞い降りるといわれています。鳳がもう一度、この館に舞い降りたら、千冬様は天照女帝の夫として、宮中に召し上げられてしまうのです」

「それって……！　じゃあ、千冬はその女帝と……」

妖しが跋扈《ばっこ》するこの世界では、常ならぬ力が働くのだろうか。女帝が懐妊……つまり、妊娠すると、霊獣が父親となる男の館に降り立つというのならば、千冬はすでにこの世界の女帝である人と、恋仲だったということなのだろうか。

そこまで考えた時、芙蓉が静かに首を横に振った。

「千冬様は、天照女帝を懐妊などさせていらっしゃいません。指一本、触れていないはずですわ……。すべて、千冬様を無理矢理にでも宮中に召し上げるための、世の理を捻じ曲げた企みなのです」

あたしの心をいち早く読み取った芙蓉が、言い聞かせるように言う。

あたしは芙蓉に体を支えてもらいながら、よろよろと体を起こした。

先に庭に降りた千冬を追いたいと思ったけれど、気持ちが乱れているせいで息が苦しくて立ち上がることすら出来ない。

せめて庭に降りて、館に降り立ったという鳳を見なければと思ったとたん、あたしの視界がすうっと縮まった。

「――――ぁ……っ……」

思わず両手で目を覆って顔を伏せる。目を閉じているのに、ぐらぐらと視界が揺れる感じがする。

あたしの体はここにあるのに、視界だけが高速で移動しているかのようだ。乗り物酔いのような気持ち悪さで、ぐっと胸の奥が詰まる。

ものすごい速さで流れる視界が、きゅうっと収縮した。カメラのピントをあわせるみたいに、一度狭まった風景が、急にはっきり見えてくる。

あたしが最初に見たのは、どこまでも続いていそうな寝殿の屋根だった。

一番高い場所に、キラキラした羽の大きな鳥が留まっている。

鳥の翼は白かと思えば翠、橙と、光の当たり具合で色を変えた。キレイな長い尾を屋根の上に垂らし、優美な姿に似合う高い声で一つ鳴く。

「清花様、鳳が鳴きましたわ」

狭まったままのあたしの視界の向こうで、芙蓉の声が響く。

――どうして、この視界の中に芙蓉の声がするの？　あたしは今、芙蓉の側でうずくまったまま、館の屋根にいる大きな鳥……鳳を見ているってことなの……？

混乱しながらも、あたしはまだ鳳の姿を見つめ続けている。

鳳は、屋根の上で優雅に翼を広げると、二度三度と振るわせ、ふわりと空に舞い上がった。

「鳳が……！」

思わず呟いた瞬間、目の中に稲妻が走った。あまりの眩しさに、思わずぎゅっと目を閉じる。

――頬を冷たい風が撫でる。

あたしは、はっと目を見ひらき、息をのみこんでしまった。

あたしの目に映ったのは、深い森の中を疾走する漆黒の馬……天河だった。

まるで空から見下ろしているかのような視点で、あたしは天河に乗っている人を見る。

あれは、……千冬!?

あたしの視線が、空高い場所から、馬に乗っている千冬とほぼ同じ高さまで降りてくる。千冬は、深く入り組んだ枝の隙間から見える、光を弾いて飛ぶ鳥を追っている。

鳳を追っているんだ！

あたしの視界は、千冬とまったく同じものになる。

森の木々はどんどん深くなり、枝が混み入ってきた。天河のスピードは落ち、頭上に重なる枝葉に遮られて、鳳の姿を見失いそうだ。

千冬の焦りがあたしの中にも流れ込んでくる。

あたしは、目を凝らして頭上の輝く翼を見た。

頬を切る風、息苦しくなる胸の痛み。——これはあたしが感じているもの？　それとも千冬の気持ちなの!?

天河が、急勾配を駆け上がる。こんもりと茂った低木を飛び越えた瞬間、森の木々が途切れた。

赤土と空が二分している視界、落下感。

これは崖!?　馬ごと崖から落ちて——！

「清花様っ、どうなさいました!?」

廊下でうずくまったまま、突然悲鳴を上げたあたしに、芙蓉が必死な様子で声をかけてくる。

あたしは、怖いほど上がっている息を堪えながら顔を上げた。

こめかみから嫌な汗が流れ落ちる。あたしの体中に、固い地面に叩きつけられた衝撃が生々しく残っている。

「あたし……、いま……」

口ごもったまま、両手を顔の前に広げてみた。じっとりと汗ばんだ両手は真っ白で震えている。

あたしが見た光景は恐ろしいほどリアルだった。

あの足元から崩れ落ちるような、血が逆流する感じは間違いなくあたしの身に……違う、あれは千冬が感じた感覚だ。

その時、庭の方から馬が嘶く声と、玉砂利を蹴散らす音がした。

考えるより先に、あたしは体を起こした。騎乗した千冬が、庭を横切ろうとしているのを見る。

「千冬、ダメ！」

あたしは、支えようとする芙蓉の手を無理やり払って立ち上がり、長廊下から階を踏んで庭に駆け下りた。

千冬が荒々しく天河の手綱を引いて立ち止まらせる。脚を踏みならす天河をいなしながら、庭に立つあたしを厳しい表情で見下ろした。

「清花は邸に控えていろ。俺は鳳を追って、やつの居場所を突き止める」

「ダメなの！　一人じゃ危ないっ」

そう叫ぶあたしの頭の中には、今、さっき見た光景が生々しく再現されていた。

このまま千冬を一人で行かせたら、鳳を追う森の中で、天河ごと崖から落ちることになってしまう……！

「ダメよ、一人で行っちゃダメなの……っ」

駄々をこねる子供みたいに同じことしか言えない。他の言葉を探せない自分に苛立ち、うつむいて唇を噛む。

「未来《さき》を視たんだな、清花」

その声と共に、千冬が天河から降り立った。

はっと顔を上げたあたしに、一つ頷くと、あたしを抱き上げて天河の背に乗せる。そしてすぐに、千冬も天河に乗った。

「おまえは特異の力を持つ者の血筋。武御雷の巫女と同じ血を引く目で未来を視たなら、俺に鳳の飛ぶ方角を示してくれ！」

言葉と同時に、千冬が天河を駆け出させる。

　あたしは思わず振り返った視界の隅で、芙蓉が心配そうにしている様を見た。だけどそれは、すぐに庭の木々に隠れて見えなくなった。

　天河はこの広大な屋敷から出る門を目指して駆ける。あたしは手綱を握る千冬に縋り、体を強張らせながら空を仰ぎ見た。

　はっと、その気配を感じる。

「視えるのか、清花」

　耳元で聞こえる千冬の声と、縋りついた胸元の、その衣の下にあるあたしの懐剣の手触りを起点にして、あたしの目はここからは見えない寝殿の屋根を見据えていた。

　屋根の頂に立つ鳳が、光り輝く翼を大きく広げて飛び立とうとしている。青い空を背にした神々しくさえ見える姿は、白銀かと思えば虹色、また白銀へ変わる。

　翼を振るわせて鳳が高く舞い上がった瞬間、あたしは掴んでいた千冬の衣を引いた。光り輝く鳳が飛び去る方向に手を伸ばす。

「向こう……！」

「東南か……、社森《やしろもり》の方向だな」

　そう言って、千冬が遠くを見る。あたしもつられてそちらを見た。

　高い屋根が続くずっと先、この都の端にあたる部分に、こんもりと木々が生い茂っている山の形が見えた。

あれが、社森。

あたしは黙ってうなずいて、疾走する天河から間違っても落ちたりしないように体を固くした。

千冬の馬、天河は手綱のままに庭の玉砂利を蹴る。千冬の邸を出ると、路を疾走した。

鳳の姿はもう見えない。多分、肉眼では見えないほど高い場所を飛んでいるんだろう。けれど、あたしの心には鳳が映り込み視えてしまう。

通りですれ違う人々が、驚いた顔をしてあたし達を見上げる。だけど誰も、もっと上の空は見ない。

みんな、あんな高い空の上に、霊獣が飛んでいるということを知らないんだ。

あたしは疾走する天河の背で千冬に縋りながら顔を上げた。青い空の遥か上空で、きらりと鳳の翼が瞬く。

芙蓉は、あれは御代替わりの印だといっていた。今上、天照帝の夫になる貴族の館に立つ鳥だと。

けれど芙蓉は、千冬は天照女帝に指一本触れていない。天照女帝の夫となる者は、千冬ではない。

霊獣の鳳が、御代替わりの館を間違えるはずはない。

そして千冬は、鳳が館に降り立ったことが禍事であるかのように、鳳の行方を追っている。

あたしが視た鳳の姿はひどく美しく――そして、ひどく禍々しかった。

あたしは、肉眼では見えないほど高い空を行く鳳を見上げる。

気が急き、体の奥で蠢く何かの気配がする。

あたしは千冬の胸にすがりながら、遥か上空の鳳に目を凝らし続けた。

5

森の下生えを踏みしだき、天河が駆ける。

あたしは茂る木々の枝にぶつからないように身をすくめながら、折り重なっている葉を透かして上空を視た。

馬上で縋りついている千冬の衣を引き、向こう、と示す。

千冬が厳しい表情で前を見据えたままうなずいた。


都を駆け抜け、木々が生い茂りはじめた都の外れから、騎乗したままこの社森に分け入って、どのくらい経っただろう。

都の中から社森を遠く見やった時はわからなかったが、ここは大きな木が野放図に生い茂っている場所だった。

森の中には、人一人が通れる程度の細道が続いているものの、大きな木が外からの侵入者を拒むかのように太い枝を伸ばしている。

まるで自然に出来た迷路のようで、迷い込んだら外に出られないんじゃないかと思ってしまうほどだ。

都の外れから、この社森に入る場所には、巨石を鳥居の形に組んだものの下を通った。

そのとき、ひやっと首のあたりが冷たくなって、それからずっと空気がいやに冷たいのも気味が悪い。

社森の木々はどんどん深くなってゆく。見上げても枝葉ばかりで、空の色さえ見えない。

あたしは、自分でもよくわからない感覚だけを頼りにして、千冬に方向を示す。

混み合う木々が、あたし達の行く手を邪魔し続ける。

千冬は細かく手綱をさばいて天河の脚を進めているけれど、それでも顔や手に枝先が当たってくる。

「大丈夫か、清花」

さすがに千冬が荒い息をつきながらいう。あたしは、体を小さくして額に手をかざしながらうなずいて顔を上げた。

はっと息がつまる。

「千冬、怪我してるっ」

千冬の頬に、枝で切ったらしい掻き傷がついている。頬を一筋血が流れ落ち、狩衣の襟を汚していた。

「大したことはない、気にするな」

まっすぐに前を見据えたまま千冬がいう。けれどあたしは、血だけでも拭ってあげたくて、姫衣の長い袖を千冬の頬にあてた。

「ごめんね、これで我慢して」

千冬が、少し驚いた顔をしてあたしを見る。だけどその顔はすぐに、真剣なものに替わった。

「あっ！」

がくん、と、体が振られる。

――落ちる！

そう思ったとき、千冬の腕があたしの腰にまわって強く支えた。

天河が急な傾斜を降り、すぐにまた駆け上がったのだ。

「気を抜くな、振り落とされたら怪我じゃすまないぞ」

「わかってる……っ」

精一杯の気力を振り絞って返事をする。千冬が天河の手綱をさばき、遅くなりかけていたスピードを上げさせた。

　こんもりとした低木の茂みに続く、勾配のある傾斜を駆け上がった天河が、それを飛び越えようと脚を上げる。

　突然、あたしの脳裏に稲妻が落ちたような衝撃が走った。

　一秒にも充たない間に、千冬の邸で視た幻が早送りのような映像になる。胸の奥が、ぎゅっと縮み上がる。

　――森の中を天河と共に駆ける千冬。

　混み入った木々の枝葉。上空から見下ろしているあたし。急勾配を駆け上がった天河が、こんもりとした低木の茂みを飛び越えた時――。

「駄目っ！」

　無我夢中で叫び、千冬の体にしがみつく。

　千冬が力一杯手綱を引き絞った。急な手綱に動揺して前脚を高く上げた天河が、激しく嘶いてその場に踏み止まる。

　あたしは、引き絞られたみたいに痛む胸を手のひらで押さえながら、馬の上から身を乗り出した。低木の茂みの向こうを見下ろす。

　ぞっと体が震えた。

　低木が連なっているだけに見えた先には、地面が無かった。

唐突に地が裂けて、深い谷間になっている。亀裂は深く、見下ろしても真っ黒で底が見えない。

「おまえに止められなかったら、間違いなく落ちていた……」

そう呟く千冬の声を、あたしは体を震わせて聞いた。

幻と同じものが、現実として目の前に広がっている。

崖は、大地が突然陥没して出来たもののようだ。斜面から、乾いていない赤土がこぼれ落ちて底に転がってゆく。

有り得ないことだけど、大きな刃物で大地を切り裂いたら、こんな風に見えるのではないかと思うような亀裂だ。

「千冬の邸で、この光景を視たの……。千冬は天河と一緒にこの崖から落ちた。――どうしてなのかわからないけど、あたしには視えたのよ」

千冬は、あたしの震える声に黙ってうなずいた。

これが、あたしの特異の力というものなのだろうか。虹子が持ち、あたしの実の母親も持っていたという力。

あたしはあたしのままなのに、生まれとか血筋とか、そんなもののせいで千冬がいるこの世界に落ち、見えないものが視えるようになってしまったのか。

「……こんなところで足止めを食うわけにいかない。まだ鳳の行方は追えるか」

千冬が、崖を見つめていたあたしを体全体で庇うようにしながら、天河の頭を巡らせた。

あたしは、まだ呆然としている気持ちを無理矢理押し上げて千冬を見上げる。

助けてあげたいと、唐突に思った。

あたしの血が特異の力を引くものだとか、そのせいで見えないものを視てしまうんだとか、この世界全体が理解の範疇《はんちゅう》を越えていることも飛び越えたところで、強くそう思う。

虹子に千冬を護れといわれたからじゃない。

今、ここで千冬の力になれるのはあたしだけだから。この世界で、最初にあたしを助けてくれた千冬を、今度はあたしが助けるんだ。

あたしは折り重なった森の木々の枝間を見上げる。遮られて見えないはずの空の上で、きらっと鳳の翼が瞬いた。

「向こう！　なんだか気配が弱くなってるみたい、急いで！」

指さしていったあたしの言葉と同時に、千冬が天河を駆け出させた。

森を斬り裂いている崖を迂回するために、元来た細道を戻る。あたしは馬上で振り返りながら空を行く鳳の気配を追った。

きらきらとした翼の輝きが薄れ、汚れてきているような気がするのはなぜだろう。

あたしは息を殺して、木々の折り重なった先を見つめることしか出来なかった。

「えっ……」

言葉がそれ以上出てこない。

あたしは、駆け続けた脚をやっと止めた天河の背に、千冬に抱かれるようにして乗ったまま、視線を外すことも出来ずにそれを見ていた。

「なぜ、おまえが鳳と共にいるんだ。……虹子」

低く響く千冬の声に、虹子がゆっくりと顔を上げる。

虹子は社森の奥にぽっかりと空いた草原に一人立っている。肩に留まらせた鳳の、輝く尾羽を撫でながら紅い唇をひらいた。

「なぜとは、私がお聞きしなければいけない。千冬様、それと……清花」

虹子の紅い唇が、微笑みの形になる。けれどあたしには、それが笑顔だとはどうしても思えなかった。

巫女の衣装によく似た白い着物に緋袴、肩に鳳を留まらせてあたし達を見据えた虹子が、優雅な仕草で草原の上に片膝をついた。

「千冬様、聖域である日向社の社森に、天照女帝の許可なく踏み込むことは許されておりません。岩鳥居を騎乗のままで潜るなど、もってのほかなことです」

「ああ、承知している。だがな、虹子」

千冬が固い表情でいって、言葉を切った。手綱を握り直し、天河を虹子の近くまでゆっくりと進める。

あたしを促して馬を降り、虹子の前に立った。

「聖域を護る岩鳥居の結界は、俺が社森に入る前から切れていた。結界が張られたままならば、その肩に留まっている鳳さえ、この社森に入ることは出来ないからな」

そこまでいった千冬を、虹子が顔を上げて見る。余裕めいた笑みを浮かべて、肩に留まっている鳳の輝く羽を撫でた。

はらりと、鳳の尾から羽が抜け落ちる。

「そうですね……。けれど、結界が切れていたからといって、社森に踏み込む理由にはなりません。千冬様は、このような軽率なことをなさる方ではいらっしゃらないはず。次期父帝となられる御方らしからぬ振る舞いでは」

「俺が、天照女帝の夫となるべき者ではないことなど、おまえが知らぬわけはない。……いったい、なにを企んでいるんだ、虹子」

千冬の言葉を、虹子は唇に薄く微笑みを浮かべながら聞く。草原に膝をついたまま、目を軽く伏せた。

「世迷言《よまよいごと》を。この凰が、千冬様の館に降り立ったことが証拠。天照女帝のご懐妊にあたり、千冬様が父帝となることは……」

千冬が、怖いほど冷たい声で「虹子」と呼んだ。

「本当に、俺が父帝となるべく動いたと思っているのか？　畏れ多くも帝の宿直《とのい》を仰せつかり、歩にあわぬ広大な邸に住まうようにと下賜《かし》くだされたことだけで、朝廷の力関係が乱れはじめている。このままでは政《まつりごと》が荒れるのは必至だ。……俺は誓って、今上天照帝には指一本触れていない」

あたしは、はっと千冬を振り返った。千冬は、地に片膝をついて顔を伏せている虹子を固い表情で見下ろしている。

霊鳥の凰は、天照帝の懐妊と共に、父帝である者の邸屋根に立つ。けれど、千冬が天照女帝に触れていないというのならば、千冬が父帝になるわけがない。

——いったい、どういうことなの……。

虹子が、肩に凰を留まらせたまま、小さく笑った。

「誓って、とまで仰るのですね。千冬様」

頬に笑みの気配を残し、虹子がゆっくりと顔を上げる。そのまま立ち上がって、強い目で千

冬を見上げた。

「朝廷の力関係がどれほどのものだというのです！　今上、天照女帝は嘆いていらっしゃいましたよ。政のために有力な貴族と交わり、子を孕《はら》むだけが、国創り神の裔《すえ》たる天照女帝の役目なのか、心のままに想いを遂げる自由はないのかと！　私のような者の前で、涙を流されていた！」

あたしは、ただじっと虹子の言葉を聞くことしか出来ない。

国創り神の裔、天照女帝。見たこともない、高貴で権力の記号のようにしか思えなかった人は、本当は普通の女性のような葛藤を抱えていたということなのか。

虹子が、肩に留まっている鳳に手をかざして腕の上に移らせた。普通の鳥よりずいぶん大きく見えるのに、鳳は重さなど無いように見える。

虹子が鳳を乗せた腕を、頭上高く掲げた。

「――ですから、私は天照女帝に申し上げたのです。帝が恋い焦がれ、想い続けている公達の館へ、私が鳳を飛ばして差し上げましょう、と」

「え……っ!?」

叫んだあたしの視線の先、虹子の手に留まっていた鳳の気配が急にぶれた。

煌めく翼が色あせたと思った瞬間、砂が崩れるみたいにざらりと音をたてて地に舞い落ちる。

虹子の足元に、元は鳳だったものの白い破片が散らばった。

耳元で、千冬が息をのんだ気配がする。あたしは千冬を振り返り、腕を掴んで力一杯揺すった。

「どうなってるの、あの鳳は本物じゃなかったってこと!?」

「いいえ、これは本物。ただ、呪《じゅ》で、その影を操っていただけ」

微かに笑いを含んだ声で虹子がいった。

はっとして視線を戻したあたしは、虹子が腰帯に差した鞘から、ゆっくりと太刀《たち》を引き抜くのを見た。

「御代替わりを知らせる霊獣といっても、鳳は所詮、常ならぬ魔物。魔封じの剣、武御雷で斬れば、その影を操ることなど造作ない」

「霊鳥を斬ったのか……、虹子!」

押し殺した声で千冬がいう。

虹子が武御雷の太刀を下段に構え、足元に溜まっていた鳳の崩れた破片を、踏みにじって微《わ》笑《ら》った。

「斬らねば、鳳を呪で縛ることは出来ぬでしょう？　あいにくこの鳳は、私と同じ力を持っている清花に追われたせいで、呪が砕けて散ってしまいましたが……。また新しい鳳の影を造り、千冬様の館へ飛ばして差し上げましょう。その間、呪の匂いにつられて雑多な化物までもが千冬様に寄って参りますが、どうか御辛抱下さいませ」

「昼夜無く魔が襲ってくるのも、おまえのせいだったのか、虹子！」

虹子は何も答えない。唇を微笑みの形にしたまま、あたしに視線を移した。

「清花、おまえのせいで新しい鳳を造らねばならなくなったのですよ。その間、寄ってくる魔から千冬様をお護りしなさいといいたいところだが……。おまえは、私の呪のかかった鳳までもを払いかねない。五度目の鳳が千冬様の邸に立つまで、私と共に日向社に来てもらう」

「どこまで自分勝手なのよ！　あたしをこっちに連れてきて千冬と引き合わせたくせに、今度は邪魔だっていうの!?」

虹子を睨みつけながら叫んでしまう。

虹子が、口元に浮かべていた笑みをすっと消した、怖いくらい冴え冴《さざ》えとした目で、あたしをまっすぐに見た。

「千冬様の御為にならぬことは、全部邪魔なこと。何度いったらわかるのです。おまえは私と同じ血を引く者。千冬様を裏切って身を隠した私達の母、夏野の返せなかったご恩をお返ししなければならないのですよ」

「そんなの……っ」

　反射的に首を振る。

　虹子が、あたしから目を逸らして低い声でいった。

「おまえは何も知らない。私達の母は、幼い私を抱えて行き倒れそうになっていたところを、千冬様の乳母役として拾っていただいた。それなのに、母はおまえを孕んだとたん、仕えていた千冬様を捨てたのですよ。私達姉妹は、不忠義だった母の替わりに千冬様に生涯仕え、千冬様がこの高天原京で、最も尊い地位に登り詰めて頂くのを喜びとなさい」

「嫌よ！　あたしはあたしだもの、母親なんて関係ない！　千冬だって、世の中を乱して父帝になるつもりがないっていってたじゃない！　全部、虹子が勝手に決めて、勝手にやってることじゃないの！」

　叫んだあたしに虹子が睨みつける。すっと目を細くして、抜き身の武御雷の太刀を頭上高く構えた。

「生意気なことを……。特異の力を使いこなせもしない者が！」

　信じられないような突風に襲われ、悲鳴を上げた瞬間、あたしの体は地面に叩きつけられていた。

　全身の痛みを堪えて噛みしめた口の中で、じゃり、と土がこすれる。

　とっさに吐き出そうとしたけど、息苦しさのほうが強くて咳き込んでしまう。

少しでも体を起こそうと草の上についた手に激痛が走った。

虹子が突風を操って、あたしを地面に引き倒した!? これが虹子の特異の力!?

「無様ですね、清花。威勢がいいのは言葉だけですか。恥を知りなさい」

「よせっ、虹子!」

蔑《さげす》む虹子の声と、草の上に倒れたあたしの手を踏んでいる虹子の沓《くつ》、その向こうに見えるのは、天河とその傍で叫ぶ千冬。

その時、あたしの目の前に鋭い光が落ちてきた。

「――っ!」

あたしは体を硬直させて、顔のすぐ横に突き立てられている抜き身の太刀を見つめた。薄い刃の上に規則正しく並んだ波紋が光を弾いている。

それが、目の前ほんの数センチの土の上に深々と突き刺さっていた。

「太刀を取りなさい、清花」

「えっ……」

虹子が、地面に倒れ伏しているあたしを屈み込み見る。

黒い皮で出来た沓であたしの手を踏みしめたまま、もう一度「太刀を取りなさい」と、冷たい声でいった。

「この武御雷の太刀を、地より抜き取ることが出来たら、日向社の社森に騎乗のまま乗り入れた咎に目を閉じましょう。千冬様は、もうすぐ父帝として立つ方です。事を荒立てたくありません」

淡々と言い放つ虹子の背後から、苛立った千冬の声がした。

「いい加減にしろ、虹子！　騎乗のまま岩鳥居を潜ったのは俺だ、清花は関係ないだろう！」

「いいえ、清花は、千冬様をお護りするために私が黄泉から戻した者。主の咎を我が身で引き受けるのも勤めのうちです」

「……っ！」

ぎりっと手に痛みが走る。虹子が固い沓裏であたしの手の甲を踏みにじったからだ。

あたしは、ぎゅっと目を閉じ、唇を噛みしめて痛みに耐えた。清花！　と、叫ぶ千冬の声が聞こえる。

その時、あたし達以外の物音がしたような気がして、はっと目を見ひらいた。

「千冬、動いちゃ駄目っ」

叫んだ声と、あたりの木々の葉が鳴ったのは同時だと思う。あたしは、地面に頬をつけたまま、見える範囲の森に目を凝らした。

天河の傍らに立ちすくむ千冬の後ろ、多分、四方全部にはぐるりと鋭い矢先がある。

森の中から、虹子と同じ巫女衣装を身に付けた若い女達がゆっくりと歩み出てきた。手に引き絞った弓を構え、その矢先を千冬に向けてじりじりと草原を囲い込んでくる。

虹子が、太刀の柄に手を置き、あたしの手を踏みにじったままの姿勢で千冬を振り返った。

「千冬様、女ばかりだからと侮って、ゆめゆめ莫迦なふるまいはなさいませんように。この者達は、私が都中から選りすぐり、訓練を積んだ特異の巫女です。血筋ばかりが尊いだけで、何も出来ぬ姫君とは違う」

虹子の華やかで高慢な横顔を見上げながら、あたしは踏みしめられている手を無理矢理引き抜こうともがく。

その時、りん、と聞き覚えのある金属音がした。

「清花、おまえ懐剣を……っ」

微かに狼狽《ろうばい》したような虹子の声がする。

突然、耳元で何かが弾ける音がした。あたりの景色が一瞬の間に白黒反転する。視線が地上から三メートルくらい浮き上がった。

往来で化物に追われた時と同じ……!?

手足が痺れ、指先から変形してゆく。踏みにじられていた手の先の感触は消えている。

目の前の太刀に、あたしはがむしゃらに手を伸ばして――――!

「……清花っ」

押し殺した虹子の声が聞こえて、あたしは目を見ひらいた。

いつの間にかあたしは草の上に立ち、両手で武御雷の太刀を握り締めていた。

どうやって、この武御雷の太刀を地面から抜き取ったのかわからない。けれどあたしは、その白く輝く刃を虹子に向けて構えていた。

虹子が、苦々しく眉をひそめてあたしを睨む。

「懐剣を返して頂きなさいといったのに、どうして千冬様に預けたままにしている」

胸のあたりを手で押さえ、体を前に屈めながら問いつめる調子でいう。その虹子の懐の中で、微かに光っているものがあたしには見えた。

あたしと揃いの懐剣が、虹子の懐に収まっている。虹子の向こう側、千冬の懐も、微かに光を放っていた。あそこにあたしの懐剣がある。

懐剣の光は千冬には見えていない。二つの懐剣が共鳴している、この金属音も聞こえていない。

あたしは、両手で握っていた虹子の太刀を持ち直した。上がってしまっている息を堪え、虹子がしていたように、顔の前で太刀を構える。

「約束よ、千冬に弓を向けるのを止めさせて！　このまま、邸に帰すのよ！」

両手できつく太刀を握り締めて叫ぶ。

白刃の太刀の向こうで、虹子が目を伏せて嗤《わら》った。

「わかりました。——皆、弓を下ろしなさい」

鋭い虹子の声で、一斉に特異の巫女達の弓が下げられる。

気を張っていた体から力が抜け、ほっと息をついたあたしは、とたんに重い太刀を構えていられなくなった。慣れない重さに支えている腕が震える。

虹子があたしをまっすぐに見て、すっと腕を上げた。草原を囲んでいる特異の巫女達の矢が、一斉にあたしに向かって構え直される。

「な……っ」

重い太刀に音を上げそうだった腕が、さっと緊張する。

虹子の背後、千冬が腰の太刀に手を掛けた。

「いったいなんの真似だ！」

「清花を日向社に連れて行くといったはずです。武御雷の太刀を返しなさい、清花」

そういいながら、虹子がつかつかとあたしの前にやってくる。あたしは虹子から奪い取った太刀を構えたまま、一歩、二歩、と後退《あとずさ》った。

虹子があたしを見据えながら、懐に手を入れる。

素早い仕草で懐剣の鞘を抜き、突然、大きく踏み込んであたしの目の前に懐剣の切っ先を突き付けた。

がくん、と、突然体から力が抜ける。何!?　と思った時には、あたしは虹子に後ろから羽交い締められ、胸元に虹子の懐剣を突き付けられていた。

「清花！」

千冬の声が耳に突き刺さる。

だけど、あたしは胸元に突き付けられた抜き身の懐剣の刃から目が離せない。何故か体が重くなって、抵抗しようとする力が萎えてゆく。

菊理の宮の邸で千冬に懐剣を突き付けられた時と同じだ。この刃を見ると体から力が抜けてしまう。

――どうして!?

あたしを押さえ付け縛《いまし》めながら懐剣を突き付けている虹子が、耳元で小さく笑った。

「我らの母から受け継いだのは、特異の力だけではない。この懐剣は、御しきれぬ我らの血を抑えるためのもの。未熟なおまえが、自らの懐剣を手放すなど、あってはならぬことなのですよ」

完全に体を縛められているあたしは、嘲《あざけ》る口調の虹子に反論する気力さえなくなっていた。

草原を囲んでいた特異の巫女達があたし達の元へ駆けて来て、数人がかりで取り押さえられてしまう。

あっという間に、両手首を背中で一つに縛られた。

「清花を放せ、虹子！」

千冬の声に、気力を振り絞って顔を上げる。

千冬が、駆け寄ろうとする。

だけど、その姿は大勢の特異の巫女達に取り囲まれてしまう。人垣の向こうで千冬が腰の太刀に手をかけたのを見る。

「止めて、千冬！」

とっさにいってしまったあたしの声に、千冬がはっと手を止めた。

その瞬間、特異の巫女達が素早く千冬を囲んで自由を奪う。あたしと同じように後ろ手に縛ろうとした。

「お止めなさい、千冬様には必要のないこと」

虹子が静かな声で制する。

あたしは、目を見ひらいて虹子を見上げた。

虹子が懐剣を鞘に収めて懐に戻し、ゆっくりと膝をついた。

「どうかお許し下さいませ、千冬様。次期父帝とならせられる御方に、無礼なふるまいをいたしました」

慇懃《いんぎん》にいって目を伏せる。

特異の巫女達も、虹子がしているのと同じように地に膝をついた。あたしも彼女達に押さえ付けられて膝をつかせられる。

森の中の草原に立つ千冬を中心にして、ここにいる者全員が地に膝をつき頭を下げていた。

虹子が、今までの固い声とは違う、優雅な声音で「千冬様」と呼ぶ。

「聖域に騎乗のまま乗り入れたことも、次期父帝としてのお考えがあってのことでしょう。私ども日向社の特異の巫女は、今上天照女帝と帝が治める瑞穂の国、高天原京を怪異から護るが勤め。清花は日向社の新参として、私が仕込んでからお戻しいたしましょう。……しばらく、清花を見かけるのは内裏だけとなりますね」

「俺に、何事もなかったように一人で邸に戻れと、清花が心配ならば、今上天照帝の元へ参内して、その時に様子を見ろというわけか、虹子」

虹子が、膝をついたまますうっすらと微笑んだ。

「千冬様は、一度助け上げた者を見捨てられぬ性分ですから」

抑揚《よくよう》の無い虹子の言葉に、千冬が悔しげに眉をひそめた。その顔は、厳しいのにどこか寂しそうにも見える。

あたしは特異の巫女達に押さえつけられたまま、唇を噛みしめて千冬を見ていた。

虹子が懐剣をしまったから、体は元通り動く。でも、何をいえばいいのか、もうわからない。

「千冬様、清花の懐剣をお返し下さい」

唐突に虹子がいって顔を上げる。

千冬が、眉をひそめて虹子を睨み見た。

「何故、そこまで懐剣にこだわるんだ」

厳しい表情の千冬に問い質されているのに、虹子はまったく気にとめる様子が無い。地に膝をついていた姿勢からゆっくりと立ち上がって、あたしを振り返った。

「懐剣は、未熟な清花の力を抑えてくれます。お返し下さいますね？」

「千冬！　あたしの懐剣は千冬が持っていて！　虹子に渡さないで！」

虹子の声を遮って叫ぶ。

虹子が、特異の巫女達に取り押さえられているあたしを冷たく見据えた。ふっと、唇の形だけで笑う。

「甘えたことをいう娘だ。千冬様はおまえがお護りするべき方。我らが継いだ血の証である懐剣を、託していい相手ではない」

「あたしは、あたしの意志で千冬に預かってて欲しいと思っているの！　虹子に指図されたくない！」

顎を上げていうあたしの腕を、特異の巫女達が咎める調子で掴む。体をよじって精一杯抵抗したけど、さっきより厳重に縛められてしまう。

千冬があたしの懐剣の入ってる懐を手のひらで押さえる。虹子が、千冬に視線を戻して慇懃に頭を下げた。

「それを返していただけませんと、清花がどうなるか保証出来ませんよ？」

「脅しか、虹子」

千冬の声が緊張する。

千冬は多分、懐剣を返さないと虹子があたしになにかをすると思ってる。

――――違う。虹子は、あたしになにかしようとしていってるんじゃない。あたしが、あの懐剣が近くに無いと怖いことになる。そういっているんだ。

往来で化物に出会ったときも、邸の屋根に鳳が降りた時も、自分ではどうしようもない苦しさ、身の内から何かが飛び出して来そうになる気持ちの悪さを、あの懐剣に縋りつくことで止めることが出来た。

懐剣は千冬の懐に入っていたから、千冬にずっと縋っていることになっていたけど、手の中に衣越しの懐剣が触れると恐ろしさが和らいだ。

異界の怪異に触れる時、懐剣の確かさだけがあたしをあたしのままでいさせてくれた。

鞘から抜いた懐剣はあたしの体から力を奪うけれど、それだけあたしは懐剣と何かで繋がっているんだと思う。

だからこそ、千冬に持っていて欲しい。あたしがあたしのままで、千冬のところに戻ってこられるように。

「千冬が持っていて！　あたしの懐剣は千冬が！」

「清花、おまえは……」

言葉を切った千冬に、あたしは大きくうなずいた。

また、あんな風に苦しくなったとき、懐剣を持った千冬が側にいてくれなきゃ自分がどうなってしまうのかわからない。

でも、虹子の言いなりになって千冬から懐剣を返してもらうのは絶対に嫌だ。

「清花の意志だ。この懐剣は俺が預かる」

千冬が、まっすぐに虹子を見据えながらいう。虹子が千冬を厳しい表情で見返した。小さなため息をつく。

「――致し方ない。本日のところは、見逃して差し上げましょう。……御前失礼いたします、千冬様」

それだけをいうと、千冬に背を向けて森の奥へと歩き出した。

あたしを押さえつけている特異の巫女達も、虹子に従って歩き出す。

若い女性だけの集団なのに、全員が矢や太刀を向けることに躊躇いのない、冷たい殺気を持っている。

巫女達に完全に囲まれているこの状態からは、彼女たちを振り切って逃げ出すのは無理だ。

あたしは首を巡らせて千冬を振り返った。千冬の姿は、特異の巫女達の姿に邪魔されて見えない。

多勢に無勢過ぎる。今は虹子に従うしかない。

だけど絶対、なんとかして千冬のところに帰ろう。

まるで運命に操られるみたいに、虹子にいいように動かされ、実の母親や受け継いだ血、そんなものに囚われて生きるのは嫌だ。

あたしは、あたしを冷たい湖から助け上げてくれて、あたしを慈しんでくれた人の元に、絶対に帰る。

あたしは、そう強く思いながら歩き続けた。

6

この部屋に閉じ込められて、何時間くらい経ったんだろう。

あたしは、四方を白木の壁で囲まれている部屋の真ん中で、膝を抱えて座っていた。

窓が無い部屋は、片隅に置いてある脚のついた灯りひとつが光源だ。

心細い小さな炎がゆらゆらと揺れて、あたしの影を壁に映している。

あたしは部屋の中央に敷いてある畳から立ち上がって、もう何度も調べた壁をぐるりと巡り歩いた。

どこか外に出られそうなところはないか。

誰か、人の声が聞こえるところはないか。

ここに入れられてから、何度も探したそれを探して歩き回る。

部屋の中で唯一、外と繋がっている板戸に手を置いて、どんどんと戸を叩いた。

「ねえ！　誰かいるんでしょ、ここから出してよ！　虹子に会わせて！」

叫んでも外からの反応は無い。あたしは力の続く限り戸を叩き、虹子に会わせてよ！　と、叫び続ける。

力任せに戸を叩く音は絶対外に聞こえてるはずなのに、あたりはしんと静まったままだ。

あたしは、戸を叩き続けている間に上がってしまった息を堪え、戸に耳を押しつけた。

何の気配もしない。

腹立ち紛れに戸を両手で打ち、ずるずるとその場にうずくまってしまう。

床に座り込んで両手を床に着き、大きなため息をついた。

「もう、どうすればいいのよ……っ」

胸の内を言葉にしても苦しい。

あたしは戸の前に座り込んだまま目をつむる。戸を叩きすぎて熱を持っている手のひらに、床板がひんやりと冷たかった。

社森で千冬と引き離され、連れてこられた日向社は、森の奥にある神社の様な白木造りの建物だった。

千冬や菊理の宮の邸と比べると、びっくりするくらい質素で、その広さばかりが異様に感じる。

そこを延々と歩かされた後、四方が塗り壁で唯一の出入り口が板戸で出来ている部屋に入れられた。

この息がつまりそうな窓が無い部屋で、何時間も放って置かれている。

千冬と森で別れたのが午後だったから、もしかしたら外はもう暗いかもしれない。

――虹子は、五度目の鳳を千冬の邸に飛ばしたんだろうか。

あたしは、床に座り込んだままで考える。

虹子は、あたしは意識していなくても千冬に近づいてくる魔を砕くといっていた。

それが実の母親から引き継いだ力で、その力が暴走するのを抑えているのが、あの懐剣なのだと。

虹子に懐剣を突き付けられた時、全身の力が萎える感じがしたのはそのせいなのかもしれない。

菊理の宮の邸で千冬に懐剣を突き付けられた時も、自分の家で懐剣を抜いてみたときも、同じような感じがした。

あたしは大きくため息をついて、板戸に背中を預けた。両手のひらを広げて、じっと見据えてみる。

あたしの体の中を流れている血が、理解できない状況を次々に引き起こしている。

ついこの間まで普通の女の子として暮らしていたのに、どうしてこんなことになってしまったんだろう。

もう一度ため息をつきそうになったとき、かたん、と、背中を預けていた板戸が揺れた。

はっとして立ち上がる。

緊張して見つめる視線の先で、板戸が軋み音をたてながら開く。

板戸の隙間から、細長いゆうぐれの光が部屋の中に射し込んできた。

あたしは、まだ夕方だったことに驚きながら、目の上に手をかざす。

薄暗い部屋の中に閉じ込められていたせいで、ゆうぐれの淡い光りさえ眩しくて仕方がない。

「ずいぶん騒いでいたようだが。いい加減落ち着いたか、清花」

「虹子っ」

戸口に立っていたのは虹子だった。

上衣の小袿《こうちぎ》、胸高に締めている帯、袴まで白一色だ。その後ろに、社森で見た特異の巫女達が居揃っている。

「やだ、何するのよ！」

彼女達が素早く部屋に入ってきて、あたしの両手や肩を強く押さえ付ける。振り払おうとしても敵わない。

あたしは数人の特異の巫女に押さえ付けられたまま、ゆったりとした足取りで部屋に入ってきた虹子を睨みつけた。

「止めてよ！　こんな部屋に閉じ込めただけじゃ足りないっていうの!?　大勢で押さえられなくたって、あたしの力じゃ部屋から出ることも出来ないわよ！」

怒鳴っても虹子は何もいわない。

表情の読めない顔であたしを見つめ、すっと目を細めた。

どこかで見た目だと思い、千冬の邸で会った芙蓉が同じ目をしてあたしを見ていたことを思い出す。

まさか、あたしの胸の内を覗いている？

ぞっと体に寒気が走る。

黄泉平坂の湖に落ちて、千冬に助け上げられたこと。菊理の宮の邸で、千冬に剣をつきつけられたこと。

そして、都に帰る前に突然、千冬にキスをされて動揺して……千冬の館で、激しく抱かれたことまで……!?

かあっと頭に血がのぼる。

千冬にはじめて体を開かれ、痛みと快楽で淫らな声を上げてしまった、そんな自分の姿を、虹子に知られるなんて耐えられない……！

じり、と、灯りの芯が焼ける音がする。

虹子が小さく息をついて、あたしのまわりにいる特異の巫女達にうなずいた。彼女達は無言のままうなずき返し、唐突にあたしから手を離す。

「え……？」

あっさりと自由にされてしまったあたしは、慌ててあたりを見回した。

特異の巫女達は、何事も無かったかのように部屋から出ていく。

入れ違いに、千冬の邸や菊理の宮の邸で見たような女房装束の女が、脚のついたお膳を持って入って来た。

あたしと虹子の横を通り過ぎ、部屋の中央に敷いてある畳の上に置く。

虹子が、あたしに背を向けて畳の方へ行った。

ゆったりとそこに座って、あたしを見上げる。

「いつまで立っている、清花。こちらにお座りなさい」

視線で、女房が整えたお膳の前を示す。

お膳の上には、湯気を上げているお椀と木で出来た匙《さじ》が乗っていた。甘い粥の香りが漂ってきて、あたしは急におなかが空いていたことを思い出してしまう。

「な……なんなの、いったい」

精一杯警戒して、あたりを見回しながら聞く。

板戸はとうの昔にぴたりと閉じられている。お膳を用意してくれた女房も出て行った後だ。部屋の中には、あたしと虹子しかない。

虹子が顔を上げ、淡々とした口調でいった。

「おあがりなさい。こちらに来てから、水さえ摂っていないでしょう。何も口にせずにいたら、早晩弱って使い物にならなくなる」

「こんな時に食事って……」

言いかけたけど、きゅうっと胃が絞られる感じがして、あたしは口をつぐんだ。

温かいお粥の匂いを嗅ぐまではお腹が空いていたことを忘れていたのに、一度意識してしまうと気が引きつけられる。

「別に、毒など入れていないから早く食べてしまいなさい。話はそれからです」

虹子の言葉を聞いて、あたしはしぶしぶ畳の方に戻った。

毒という言葉が気にかかったけれど、殺すつもりだったのならば、さきほどの社森の中で斬り殺していただろう。

あたしは、大きく息をついてお膳の上の匙と椀を持ち上げた。

手のひらにずっしり重い椀の中を匙でかき混ぜる。米や豆、いろんな穀類が混ざった五穀粥のようなものをすくい上げ、ふうふう吹き冷ましながら食べた。

薄く塩味がついている五穀粥は、質素なのにとても美味しい。空っぽの胃に染み渡り、体に力が戻ってくるようだ。

熱いお粥を食べながら、目だけを上げて斜向《はす》かいに座っている虹子を見る。

顔の作りはあたしとそっくりなのに、虹子には表情がほとんどない。だから、何を考えているのかまったく読めないのだ。

あたしは眉をひそめながら、黙ってお粥を食べ続けた。

「……ごちそうさま」

全部食べきってしまった椀をお膳の上に置く。

虹子が突然、「清花」と呼んだ。

思わず、びくっと体が竦みそうになるのを堪えて顔を上げる。

虹子が、衣のあわせからあたしのものと揃いの懐剣を取り出した。すっと、畳の上に置く。

「私の懐剣をしばらく持っていなさい。五度目の鳳を飛ばすまでは、おまえには大人しくしてもらわなければいけない」

「そんな理由で、懐剣を受け取れるわけ……」

そういいかけて、あたしははっと気付いて畳の上の懐剣を掴み取った。

鞘から抜こうとして迷い、白皮を巻いた柄と鞘をぎゅっと握り締める。虹子をまっすぐに睨みつけた。

「今、あたしが懐剣を抜いて斬りつけたらどうするつもり？」

「おまえに、そんなことが出来るわけはない。鞘から抜いたとたん、体の力が失せて斬ることなどできないだろう。まあ、それがごく普通の剣だったとしても、人はおろか、生き物を殺したこともないおまえが、私を斬れるわけはない」

目を伏せて薄く微笑む虹子の声は、あたしのことで知らないことなどないといっているかのようだ。

「そんなこと……！」

懐剣を握り直して反論しようとしたあたしを、虹子があざけるような目で見た。あたしの頭からつま先までを眺め、唇の端で笑う。

「黄泉の地で育った礼儀を知らぬおまえを、千冬様が抱いて情けをかけて下さった……ということだけは、この私でも読みきれぬ誤算だったな」

「――――ッ……！」

やはり虹子に読視をされていた……、そう思うと恥ずかしさで心臓が止まりそうになる。

けれどあたしは、無理やり気持ちを引き立てて、真っ赤になってしまっている顔を上げた。

「確かに、あたしはこの世界での礼儀も常識も知らない……。千冬は、そんなあたしを護ってくれた人だから……！」

そういったあたしから、虹子が視線を逸らす。ふと、短い息をついた。

「特異の巫女は、穢れを知らぬ身でなければいけないというのに……。簡単に快楽に溺れ、男に身を任せるふしだらさは、我らの親譲りか」

「そんないい方って……！」

思わず叫んだあたしを、虹子がちらりと見る。

不快そうに眉を寄せて視線を外した。ここではない、どこか遠くを見ているように、すっと目を細めた。

「――うねる石の道……。馬よりも早く駆ける車が、早瀬の魚のように流れてゆく。おまえが乗っている車は……石の壁にぶつかる、炎が上がる」

「な……っ！」

言葉が出てこない。遠くを見つめながら平坦な声でいう、虹子の紅い唇を目を見ひらいて見つめた。

「おまえの養い親はすぐに炎にのまれた……。自分一人が生き延びて、養い親が死んだのは清花、おまえのせいだ」

「違う……。あれは事故で……」

あたしは衣の膝をぎゅっと握って目を伏せる。瞼の裏に、ありありとあの日の光景が浮かび上がってくる。

何故、虹子が事故の光景を知っているのかと思うよりも強く、あたしの脳裏にあの時の光景が鮮明に甦《よみがえ》ってきた。

爆発するようなフラッシュバックにのみ込まれる。

首都高速の壁、炎を吹き上げていた車のシルエット、道路に投げ出されたあたしが見た、黒く立ち上る煙。

――あたしの入学式に、お父さんとお母さん、家族三人で出席したりしなければ、あんな事故には遭わなかった……。違う、そうじゃない！　あの事故はあたしのせいじゃない！　不幸な偶然が重なって、大きな事故になってしまっただけ……！

「まだそんな甘いことを考えているのか、清花」

静かすぎる虹子の声に、ぞっと背筋が冷たくなる。

虹子にはあたしが何を思っているのか、すぐにわかってしまう。虹子の前では、隠すことも誤魔化すことも出来ない。

あたしは、絶望感と共に、部屋の壁に映っている虹子の影を見つめた。

ふと、その影がぐにゃりと歪んだ。高い位置でくくっている虹子の髪の先がうねり、ゆらりと動く。

えっと息をのみ、目を凝らして影を見つめる。壁に映っている影が、ありえないほど長く伸び上がってゆく。

あたしは慌ててあたりを見回した。

どこにも影の形を変えるようなものはない、この部屋にいるのは、あたしと虹子だけだ。

――影の形が変わりはじめたのは虹子だけじゃない……？　あたしの影も、ぐにゃりと伸びて……。

「やめて！」

あたしはパニックを起こしそうになり、膝立って虹子に詰め寄った。

あたしの前で、虹子が冷たい表情で視線を外す。静かな動作で立ち上がり、あたしに背を向けて戸口へ向かった。

「……自らの業を知らず、その年まで生き長らえたのは幸いだったな、清花」

「待ってよ！　わけわかんないっ」

虹子を追おうとして立ち上がったあたしの視線の先で、部屋の隅にある灯りの炎が、ごう、と音を上げて吹き上がった。

頬に感じる熱に驚いて、とっさに顔の前に腕をかざす。

ありえない眩しさに目をすがめたあたしは、虹子の体から長く伸びている影と、あたしの体から伸びる影が、はっきりと人の形ではないものに変わる瞬間を見た。

うねうねと伸びた先にある、半円形の頭、口から吐き出す細い舌……。炎の勢いが増すごとに、高く昇ってゆく影の形は――。

「蛇……!?」

あたし達の体から伸びている影は、床板から壁を伝い、天井まで覆い尽くす、二匹の大蛇だったのだ。

「なんなの、これ……っ」

思わず、自分の体を両手で抱き締めてうずくまる。

信じられないもの、人の形をしていない化け物は、他からやってくるもののはずだった。

この地で最初に見た炎を纏った化物も、鳳も、どこかからやってくる別の魔物だった。

それがどうして、あたしの体から人じゃない影が伸びているの!?

体の芯から震えがくる。

自分を抱き締めている指の先が冷たくなる。

ありえないといくら否定しても、天井まで覆ってゆらめく大蛇の影は消えない。このまま、あたしの背中を割って蛇が出てきそうで怖い。

――助けて、千冬……っ！

胸の中で呼んでしまった、その名を聞き咎めたかのように、虹子があたしを振り返った。

虹子が、あたしとまったく同じ大蛇の影を背負ったまま、あたしを静かに見つめる。

「清花、おまえはもう、誰も愛してはなりません」

「えっ……」

あたしはうずくまった姿勢で目を見ひらき、虹子を見上げた。

虹子が揺らめく大蛇の影をまとわりつかせたまま、少しだけ悲しそうな顔をする。

「おまえは義父母を実の親以上に……いいえ、実の親など消えてしまえと思うほど、深く愛していた。その心が、義父母を殺したのです。愛した者が死んでゆくのは、私達が引いた血の呪い。この高天原に私達の血筋が堕とされた日から、呪はどこまでも追ってくる」

「そんなバカな……」

あたしは、勝手に荒くなってゆく息を堪えて戸口に立つ虹子を見上げた。

立ち上る大蛇の影と炎が視界を覆い、二重写しみたいに、あの日の光景が目の前に現れてくる。


——お父さんの車の後部座席、フロントガラス越しの首都高速の壁。

運転しているお父さんと、助手席のお母さんの間で、あたしは何かを見なかった?

歩行者なんかいない首都高速で、あたし達の車の前を何かが通り過ぎなかった?

覚えてないと叫んでいる気持ちの隅に、ありえない、信じられないって、押し込めて忘れていたものがある。

今、あたし達の体から伸びている真っ黒な影が、あたしの中から無理やり記憶を引きずり出そうとしている。

この影は、首都高速を走っていたあたし達の車を巻き込むように伸びてきたものだ。

あの時、お父さんは影を避けようとしてとっさにハンドルを切った。

その瞬間、影があたし達の車をのみ込んで——!


「あれは……あたしの体から伸びていた影だったの……っ!?」

部屋の中でうねる大蛇の影が、体を固くして畳に手をついているあたしにまとわりつく。

手の中の虹子の懐剣をぎゅっと握り締めて、叫びだしてしまいそうになるのを堪えた。

あたしのまわりを、大蛇の形をした影が取り巻く。

信じられないって思っても影は消えない。

あたしじゃない、こんなのあたしじゃないと強く思うのに、影は間違いなくあたしから伸びてうねっている。

虹子から伸びている大蛇の影が、あたしの影に絡みつく。あたしは、それを追いかけるように目を上げた。

あたしを見下ろしている虹子は、今まで見た中で一番あたしに似ていると思った。

あたしがうちでひとりぼっちになって、鏡を見たときにしていたのと同じ……、そんな目をしている。

「清花。おまえはもう、十分に殺した。それを覚えていれば、再び誰かを愛し、死に至らしめることはないだろう」

そういうと、虹子は目を伏せて板戸を開いた。身を滑らせるようにして外に出て行く。

あたしは畳の上で懐剣を握り締めたまま、虹子の後ろ姿を見つめていた。

「……愛さずにいれば、穏やかな暮らしが続いた。おまえも、私達の母も」

板戸が閉まる瞬間、錯覚かと思うほど小さな声で虹子がいった。

待って、と言い出しかけて腰を上げたあたしの視線の先で、ぴたりと板戸が閉まる。すぐに掛け金をかける音が続いた。

そのとたん、部屋中で渦巻いていた二つの大蛇の影がすっと消える。

気が付けば、部屋の隅の灯りの炎も元通りの小さいものになり、あたしの影もぼんやりとした人間のものになっていた。

だけど、あたしは思い出してしまった。

あたしの体から伸びた、人間のものとは思えない長い影が、お父さんにハンドルを切らせてしまったことを。

そのせいで事故が起こって、お父さんとお母さんが死んでしまったってことを。

愛した者を死なせてしまうのが、あたし達が受け継いだ血の呪い。

虹子がいった言葉が、あたしの中で反響している。

「そんな運命って……！」

あたしは畳の上に額を擦りつけるようにして小さく体を折った。両手で虹子の懐剣を握り締める。

あたしの懐剣とまったく同じ懐剣だけを残し、消えたあたし達の本当の母親も、愛する人を死なせてしまったんだろうか。

だから、この地から世保平坂湖を越えて、こちらでは黄泉といわれているあたしが暮らしていた世界に流れ着いたのだろうか。

いくら考えたって、あたしにはわからない。あたしには、虹子から渡された懐剣を握って息を殺すことしか出来ない。

その時、あたしは額を押しつけている手の甲の、袖口に何か黒っぽい汚れがついていることに気付いた。

なに……と思いかけて、その瞬間を思い出す。

――千冬の、血だ。

千冬と社森に馬で駆け入ったとき、枝で傷つけた千冬の頬を拭った。あの時についた血が衣の染みになっている。

あたしは、懐剣と一緒に衣の袖を握り締めた。

千冬に抱かれて馬で駆け、館で千冬に穿《うが》たれ、生まれてはじめての快感と痛みに泣いた。その記憶も体の疼きも、まだはっきりと覚えている。

……でも、愛してるわけじゃない。

この地ではじめてあたしを助けてくれた千冬を、あたしも助けたいと思った。ただ、それだけだ。

愛しはじめてなど、いない。

体中、くちづけられて快感に震え、千冬のものでお腹の奥をかき回されて……あたしの中で熱く硬くなり、震えた千冬の迸りを受け止めた。

そんなもの、全部忘れる。

強く抱き締めてくれた、千冬の逞しい腕も全部忘れる……！

——おまえはもう、誰も愛してはなりません——。

耳の奥で、虹子の声が反響している。

忘れなければ、何もかも。

あたしは、もう二度と千冬に会ってはいけないんだ……！

あたしは畳の上でうずくまりながら、衣の袖に額を押しつけた。

乾いてしまった千冬の血の匂いがしたような気がしたけど……それは、錯覚だったかもしれない。

7

天照女帝が住まう内裏は、社森の最奥にあった。

あたしは、今まで見たどの邸よりもきらびやかな内裏の建物を見上げていた。

玉砂利が敷きつめられた庭に立ち、ぼんやりと渡り廊下を行き過ぎる官衣の男の人や華やかな重ねの衣を着た女の人を無言で眺める。


捕らえられ、日向社の窓一つ無い部屋に閉じ込められてから、十日が経っていた。

その間、あたしは日に二度、女房装束の女の人が食事を持ってきてくれる以外は、ずっと一人で過ごしていた。

虹子は結局、最初に現れて以来、あたしの前に顔を見せない。

聞きたいことはまだたくさんあるけど、虹子に会わせて！　と、部屋の戸を叩いて叫ぶ気にはなれなかった。

今までのあたしだったら、薄暗い部屋で一人っきりで閉じ込められているなんて絶対に耐えられなかったと思う。

けれど虹子に、あたし達が継いでいる血の呪いを聞かされ、あたし達の体から伸びた大蛇の影を見てしまった後では、揺れ続ける気持ちを抑えるだけで精一杯だった。

覚えてもいない本当の母親から継いだ血のせいで、大切で大好きだったお父さんとお母さんを死なせてしまった。

この血のせいで大切な人を死なせてしまうなら、いっそあたしが死んでしまえばいい。そう思い、虹子の懐剣の鞘を抜いたのも一度ではなかった。

でも、あたしはどうしても、自分の体に傷をつけることが出来なかった。

鞘を抜き去った刃のきらめきを見ると、体が萎えてしまって手に力が入らないからだ。

理屈やあたしの気持ちなど及ばない場所で、あたしはこの懐剣に支配されている。

この血は……あたしの背から伸びていた大蛇の影は、大好きだったお父さんとお母さんを死なせたように、これからも大事な人を死なせてしまう。

だからもう、誰かを好きになってはいけない。誰かを大事だと思ってはいけない。

もし好きになってしまったら、あたしの血は、あたしの感情なんか簡単に押し退けて、その人を殺してしまう。

――だとしたら……。

あたしは、決して「助けて」なんて、思っちゃいけないんだ。

あたしは、閉じ込められていた部屋の隅でそんなことを考えながら、膝を抱えて息を殺していた。

そうして毎日、一人で心の中だけで葛藤し続けて、あたしは疲れ果ててしまった。なにかを思い、考えることに疲れた。

だから、感じること、考えることすべてを止めてしまったんだ。

余計なことを考えないように。助けて、って思ってしまわないように、あたしは、自分の胸の中にある感情を凍らせた。

そうして今日。なんの前触れもなく、あたしは閉じ込められていた部屋から出された。そしていわれるがまま、用意されていた衣装を着た。

胸高に帯を締めた白い衣と緋色の袴。それは、特異の巫女が身に着けている衣装だ。

衣装一式を身に着けて、部屋にあった鏡を覗き込んだあたしは、思わず息をのんだ。

「……あ」

虹子が、鏡の中にいるのかと思った。

鏡に映ったあたしの顔は、髪の長さ以外、虹子に瓜二つだ。

虹子とあたしの顔立ちは似ている。けれど、ここまでそっくりだと思ったことはなかった。

考えることを止め、感情を殺すと、こんな顔になるのか……。

冷たい虹子の目と同じ目で、あたしは鏡の中のあたしを見つめた。


そして今、あたしはたくさんの特異の巫女達と同じように、天照女帝が住まう内裏の庭の、その片隅に立っていた。

内裏に点在する豪奢な建物を繋ぐ渡り廊下の影に控え、天照女帝と内裏に出仕する貴族たちを怪異からお護りするのが、特異の巫女の役目だからだ。

ほんの少し前のあたしだったら、一方的に役割を割り当てられ、誰かに指示されるままに動くなんて、絶対に嫌だといっていたはずだ。

けれど、あの部屋に一人閉じ込められ、考え続けることに疲れ果てたあたしは、指示されればその通り動く。

あたしは、あたしの感情を許しちゃいけない。

あたしが、あたしの思うままに動いたら、この体の中にある怖いものがきっと目覚めてしまう。

それだけは、決してしてはいけない。

あたしは庭の隅に控えたまま、そっと胸の上に手のひらを乗せた。虹子に渡された懐剣の感触を確かめる。

あたしと虹子の本当の母も、きっと愛した人を殺してしまったんだろう。

あたしの母親は、幼い虹子を抱えて行き倒れそうになっていたところを、千冬の家に拾われたといっていた。

千冬の乳母になって、きっとしばらくは穏やかな暮らしが続いていたんだろう。

それなのに、母は誰かを愛してあたしを身籠もった。

身重の体で世保平坂湖を渡ろうとしたのは、きっとまた、愛する人を死なせたくないから。

愛した人を再び殺してしまわないように、ここを去ったんだ。

愛したものから逃げ続ける運命。

それが、母親とあたし達を追ってくる呪なんだ……。

あたしは、胸のあわせに入っている、虹子の懐剣を衣越しに強く握り締めた。


「……清花!?」

低く響く声に、あたしははっと顔を上げる。

だけどすぐに顔を伏せ、唇を噛みしめた。

「清花、探したぞ……！」

急くような言葉と一緒に、目の前に殿上人《てんじょうびと》の装束を身に纏った人が降りてくる。

あたしはうつむいたまま耳を両手で塞ぎ、ぎゅっと目をつむった。

「どうしたんだ、清花！」

肩を掴まれて引き寄せられる。

あたしは、たった十日離れていただけなのに、泣きたくなるような懐かしさを感じてしまう、その人を見上げた。

千冬が、あたしの目の前にいる。

内裏に参内する正装の衣装を身につけた姿は、渡り廊下を行き来していたたくさんの殿上人の誰よりも凛々しく見えた。

千冬は黒い冠のようなものをつけ、いつも着ていた狩衣よりも裾の長い、つやつや光る藍色の衣装を着ていた。

位に応じた衣装の違いがよくわからないあたしが見ても、千冬は高位の者だと一目でわかる堂々として美しい青年貴族だ。

千冬が、あたしの顔を覗き込みながら、もう一度「清花」と呼んだ。

「清花、すぐに見つけてやれなくてすまなかった」

「どうして千冬が謝るの……！」

貴族の正装を身に付けた千冬が、冠をつけた頭を微かに下げる。あたしは千冬を止めながら、はっと気付いて渡り廊下を見上げた。

「駄目よ、こんなところで頭を下げちゃ」

隣の建物から続く渡り廊下をこちらに向かって歩いてくる人影がある。千冬と似た装束を着た貴族が何人か固まって歩いて来る。

「あたしは特異の巫女の一人として、ここで控えているの。千冬とは身分が違うんだから、あたしに頭を下げちゃダメ……っ」

声を殺していったとき、渡り廊下を歩いてくる貴族達があたし達を見た。不審そうに眉をひそめ、近くの者と扇をかざしながら囁きあう。

殿上人の千冬が庭に降りて、下位の者に頭を下げている姿を他の貴族に見られてしまった。

きっと千冬に恥をかかせてしまったんだ。

そう思うといたたまれなくて、頭から血の気が失せそうになる。

千冬が、あたしの様子に気付き渡り廊下を振り仰ぐ。上にいる貴族達がざわついているのを無視して、あたしに向き直った。

「あんなもの気にするな、行くぞ」

あたしの手を掴み、先に立って庭を横切って行こうとする。あたしはとっさに、千冬の手を振り払った。

背後の渡り廊下から、貴族達の驚いた声があがる。

それを聞きつけて、まわりに待機していた特異の巫女や武官姿の者達が、あたし達の方へ駆け寄ってくる。

あたしは考えるよりも早く、以前、虹子が往来で千冬にしたように千冬の前で地に膝をついた。

「ご無礼、お許し下さい！　私が至りませんでした、どうか御容赦をっ」

「何をいっているんだ、清花」

苛立った千冬の声を顔を伏せたままで聞く。

位の高い千冬に叱責されている者だという風にすれば、渡り廊下の上で見ている貴族達の前で千冬が恥をかかなくて済む。

駆け寄ってくる特異の巫女や武官達の気配に焦りながら言葉を探していたあたしの腕を千冬が掴む。そのまま、抱き締めるようにして立ち上がらせられた。

「千冬っ」

「皆、持ち場に戻りなさい」

声をひそめていったあたしを見ずに、千冬はまわりにぴしりという。

その場で立ち止まり、明らかに狼狽している特異の巫女と武官達、渡り廊下で驚いた顔をしている貴族達を、あたしは千冬の肩越しに見た。

「どうして……千冬！」

押し殺した声でいってしまう。

だけど千冬は、何もいわずにあたしの手を改めて掴んだ。そのまま、美しく整えられた玉砂利の庭を歩く。

もう一度手を振り払うべきか迷っている間に、あたし達は背の高い木々が植えられている庭の奥まで辿り着いていた。

振り返ってみると、もう特異の巫女達も渡り廊下の貴族達も見えない。

とりあえず、ほっと肩から力が抜ける。

前を歩く千冬はまだ何もいわないし、振り返りもしない。先を行く千冬の背中が怒っているように見えて、少し怖くなる。

立て込んで植えられている庭木の奥、大きく枝を張り、今を盛りに咲いている藤棚の下に差し掛かった時、千冬が唐突にあたしの手を離した。

厳しい表情であたしに向き直る。

「なんの真似だ、清花」

千冬の口調には苛立ちと疲れが滲んでいて、あたしはとっさに目を逸らしてしまった。

「千冬が、他の貴族の前で恥をかくことになるのが嫌だったから……」

千冬が、溜まった苛立ちを吐き出すようなため息をつく。うつむいたままのあたしの頬に手を添え、顔を上げさせた。

「虹子に何をいわれたんだ。おまえは、身分など知らないといっていただろう。俺の前で膝を着くな、目を逸らしてものをいうな。おまえだけは、まっすぐに俺を見ていろ」

「千冬……」

怖いくらい真剣な顔でいう千冬から目を逸らすことが出来ない。でもあたしは、必死で首を振って目を伏せた。

「ごめん、でも虹子と話をしてわかったの……。あたしは虹子と同じ血を継いでいる。あたし達の母親が千冬に仕えていたなら、あたしは、千冬と対等に話ができる身分じゃない」

千冬から距離を取りたくて、口ごもりながらいう。

本当は、人に身分の上下があるっていう感覚はよくわからない。あたしが育った世界には、そんなものは無かったし、千冬にはじめて会った時、身分なんか知らないといったのだって本当だ。

けれど今は、身分違いだという理由をこじつけても、千冬の前から逃げ出してしまいたいんだ。

側にいたら、きっと頼ってしまう。千冬に心を掴み取られてしまう。

だから、少しでも遠く離れてなければいけないんだ……！

その時、ふいに捕まれていた腕を引き寄せられた。

「おまえだけは、そんなことをいうな。清花……！」

押し殺した千冬の声が耳元で聞こえる。

あたしは、紫色の滝が流れているみたいに見える藤棚の影で、千冬に抱き締められていた。

顎を掴まれて、無理矢理唇を奪われる。

あたしを抱き締める千冬の腕の力は、息が止まりそうなほど強い。重ねられた唇を舌で割られ、あたしは喉を鳴らした。

舌に絡みつく千冬の体温は、館で抱かれたあの熱を、あたしの中にまざまざと蘇らせる。

何も知らないまま、千冬に抱かれた。あの日の記憶は、もう捨ててしまわなければいけないのに……！

「――離して！　好きでもないのに、こんなことしないで！」

あたしは必死に身をよじって、千冬の腕の中から抜け出そうとした。しかし、千冬はそれを許さず、さらに強く抱き締められてしまう。

強い意思を感じさせる千冬の黒い瞳が、あたしの目をまっすぐに覗き込んだ。

「好きでもない女に、こんなことはしない」

「違う！　千冬はあたしのことなんか好きじゃない！」

あたしは千冬の腕の中から無理矢理抜け出して、一歩後ずさった。千冬が、何かに耐えるように眉根を寄せてあたしを見つめている。

あたしは真っ正面から千冬の視線を受け止めきれなくて、目を逸らしてうつむいた。千冬が、低く掠れた声で「清花」と呼ぶ。

「俺は、物怖じせず俺に向かってくるおまえを好ましいと思った。俺には、同じ目線で話してくれる者はいない。へりくだり見上げられるか、裏で画策しながら牽制しあう他の貴族達との関係しか知らないんだ。共に育った虹子ですら、俺の前で膝をつき、取り憑《つ》かれたように俺の出世だけを祈る。……しかしおまえは、俺の前で自分を隠さない。俺は、おまえと向き合っている時だけ、本当の意味で息がつける気がしたんだ」

「それは……あたしが、こっちの世界の理を知らなかったからよ。突然、こんなところに連れてこられて、何がなんだかわからなくて……っ」

必死に否定するあたしの肩を千冬が引き寄せる。もう一度、きつく抱き締められた。

「――俺を助けようとしてくれたのは、おまえだけだ、清花」

「え……」

あたしの肩に顔を伏せるようにしている千冬の表情が見えない。あたしは息を詰まらせたまま、千冬の腕の中で体を固くした。

「義務で俺を護る者はいる。……虹子も義務だ。不義をした母の替わりなのだといって俺を護り、特異の力を見込まれて日向社に召された後は、妹のおまえをこちらに呼び寄せてまで俺を護らせようとした。だが、おまえは虹子に命じられたからではなく、俺と共にいてくれた」

「……でも、ほんの少しの時間しか一緒にいられなかった……」

「構うものか、清花。俺は……」

「やめて、千冬っ！」

言いかけた千冬の声を遮って叫ぶ。

驚いた目をしてあたしの顔を覗き込んできた千冬を見上げ、無理矢理笑顔を作る。そうしないと、涙がこぼれてしまいそうだ。

「駄目だよ、千冬。あたしは普通の人間じゃなかったんだもん。気味の悪い、黒い影みたいな大蛇の影を持ってて、そのせいで大事な人ばっかり死なせちゃうんだよ？　このままじゃ、きっと……」

――きっと、千冬も死なせてしまう。

どうしてもそれが言えなくて、あたしはうつむいて手の甲で涙を拭った。そっとその手を止められる。

うつむいたままのあたしの頬を、千冬が両手で包んでくれた。そっと上向かせられて、まるで大切なものに触れるような、優しい口づけをされる。

ほんの少しだけ触れて、離れる。唇の角度をわずかに変えて重ねられるキスのせいで、揺れ続けていた気持ちが凪いでいくような気がする。

千冬が、キスの合間にあたしの瞳を覗き込んで囁いた。

「湖ではじめて見たお前は、本当に美しかったんだ……」

「え……？」

思わず問いかけた声は、再びキスで塞がれる。何度も何度も、甘いキスがあたしの上に降ってくる。

「――清花、おまえは黒い蛇なんかじゃない。世保平坂湖の上に現れたのは、雨を司る白銀の鳴神《なるかみ》だった……。長い躯に沢山の鱗をきらめかせた姿は、この世ならざる美しさだったよ」

思い出すようにいう千冬の声音が、あたしの耳に届く。

あのときあたしは、裸のままで虹子と一緒に水面の上に立っていたはずだ。それを、千冬は岸から見ていたんだ……。

「俺は、こんな美しい生き物を見たことが無いと思った。なのに、水に落ちたそれを助け上げてみたら、生意気で俺に食ってかかってばかりいる娘だったんだから、驚きだ」

千冬の声が少し笑っている。あたしは、千冬の腕の中に抱かれたまま顔を上げた。

あたしの唇に、再び千冬の唇が重なる。言葉にならない、愛おしいという気持ちが、あたしの中に溢れてくる。

――千冬が好き。でも、このままじゃ……！

体の底でざわざわと黒い影が動きはじめた気がして、あたしは体を強張らせた。

ゆっくりと唇を離した千冬が、あたしを強く抱き締める。

「鳴神は、この地に古くから在る八百万神の一柱だ。――神々は伊勢におわし、古く天照神だけが一人高天原に置かれた。それが高天原京と神々の裔である、天照女帝の始まりだ。おまえはきっと、天照神の次に高天原京に置かれた神々の裔だ」

「わからない……。あたしにはわからないけど……」

一度言葉を切り、大きく息をつく。千冬の胸に抱かれたまま、あたしは不安で壊れてしまいそうな気持ちを堪えた。

「あたしの影が、お父さんとお母さんを死なせてしまったのは本当なの。虹子には、もう二度と人を愛してはいけないと言われた……。このままじゃ、あたしは千冬も死なせちゃうかもしれない……」

震えるあたしの体を千冬が支えてくれる。耳元で「大丈夫だ」と囁いた。

「太古の神が人を殺すのは、人が神を想うより強く、神が人を愛し過ぎたときだ。おまえが俺を想うより、俺がおまえをもっと強く愛してやる。俺は決しておまえを裏切らない。そう信じていろ、清花」

「千冬……っ！」

押さえ込んでいた感情がどうしようもなく溢れ出て、あたしは千冬にしがみついた。千冬の腕があたしをしっかりと受け止めてくれる。

――あたしは鳴神、神々の裔。

千冬がいう、それが本当なのかわからない。だけど、今は信じるしかない。

千冬が好き、大好きだと思う。

それ以上に、千冬はあたしを想ってくれている。

信じよう、信じなければ、あたしはまた愛する人を死なせてしまうんだから――！

その時、どこか遠くで雷鳴が走ったような気がした。

あたしは千冬の腕の中で、はっと身を固くする。

この音は前にも聞いたことがある。

ただの雷の音じゃなく、禍々しい気配の混じった雷鳴を……。

感情よりも、深い本能的な震えが走る。

千冬が体全体であたしを庇うようにしながら、空を見上げた。

あたしも一緒に顔を上げる。

ついさっきまで明るかった空を、不吉な雨雲が覆い隠してゆく。

なま暖かい風が吹きつけて、あたしたちのまわりを囲んでいた藤棚から、無数の花びらを飛ばした。

「……来たか」

固い声で千冬が呟く。

その瞬間、あたしはまた、世界が反転したような、線画で描かれた明暗だけになってしまった世界を視た。

あたりを取り囲む藤棚の紫の花も、揺れる緑の木々と、その向こうに見えていた朱赤と黄金色で飾られた絢爛《けんらん》たる内裏の建物も、すべて現実感を失った平面になる。

ごう、と音をたてて、耳元を突風が吹きすぎる。

とっさに目を閉じ、次に目をあけたとき、あたしの目の前に広がっていたのは内裏の風景ではなかった。

——いま、この瞬間の、千冬の邸だわ。

ひらめくように思う。

視界の隅に、庭に膝をいて上空を見上げている芙蓉が入った。悲痛な表情をしている芙蓉の視線を追って、邸の屋根の上を見る。

鳳が立っていた。

大きな羽をはためかせて、一声高く鳴く。

五度目の鳳……！　とうとう、千冬と天照女帝との婚礼が整った印が、千冬の館に降り立ったんだ。

ざわりと体の中で黒い影が蠢く。

あたしは、必死でその衝動を堪えた。

四度目に立った鳳はあたしが砕いてしまったと虹子がいっていた。ということは、あれは虹子が造った五度目の鳳だ。

高天原京を治める、天照女帝が懐妊し父帝となる貴族の館に五度立つという霊鳥を、虹子は殺して意のままに操っている。

千冬を都で最高位に就けるために、千冬の意志までをも無視して、父帝にする計画を進め続けている……！

「千冬、虹子はどこにいるのっ」

目に見えないものを視ていた視界を振りきり、あたしは千冬の衣を掴んだ。

虹子の思惑通り、千冬が天照帝と婚姻し父帝になってしまったら、あたしの中の黒い影が千冬を殺してしまう。

千冬があたしを強く想ってくれてると信じる力で、身の内の影を抑えているのに、他の人と千冬が結ばれてしまったら、あたしは……！

「清花、なにを視たんだ」

あたしの腕を掴んで千冬が問いかける。あたしは、千冬の目を見上げて叫ぶようにいった。

「いま、千冬の館に五度目の鳳が立ったのよ！」

あたしの声と同時に、千冬の胸の中で微かな金属音がした。

りん、と鳴る懐剣の音が、千冬とあたしの衣のあわせの中で響きだした。

はっとして胸を押さえる。

衣越しに触れる虹子の懐剣が、急激に熱を持ちはじめていた。

千冬の胸のあわせに入っているあたしの懐剣も衣越しに微かに光っている。

千冬が訝しげ眉を寄せ、衣の上から懐剣の入っているあたりを押さえた。

「おまえの懐剣が熱くなっている……、なぜだ」

その時、あたりを吹き過ぎていたなま暖かい風がいっそう強くなった。

雷鳴がはっきりと轟く。

あたしは空を見上げ、懐の中から虹子に持たされたままの、虹子の懐剣を取り出した。

「清花、それは」

「虹子のものよ。懐剣無しじゃ、あたしは特異の力を押さえられないっていって、預けられた。だから今、虹子は特異の力を押さえる術がない……っ」

「わかった、行くぞ、清花！」

すべてを聞かずに千冬があたしの手を取る。築山の向こうに連なる御殿へ向かって駆け出した。

暗雲たれ込める空の下にそびえる御殿は、朱色と黄金のきらびやかな姿に不吉な影をまとわりつかせているように見える。

御殿の屋根に、白っぽいものが落ちたような気がした。

駆けながら目を凝らし、あたしはそれを視る。

かつて白だった翼が薄汚れ、灰色になった大きな鳥が御殿の屋根で死んでいる。
千冬の邸の屋根に立ち、高く鳴いた五度目の鳳の最後の姿に間違いないと思った。

8

荒々しい足音と女官の悲鳴が、天照女帝の御殿を揺るがせていた。

あたしは、先に高欄のかかった渡り廊下に登った千冬に引き上げられるようにして、御殿の中へと踏み入った。

その瞬間、真っ暗だった空から、湖の底を抜いたような雨が降ってくる。

あたしは千冬の後ろを駆けながら、肩越しに振り返った。

尋常な雨ではない、不吉をもたらす怪異の雨だ。

漆黒の空に稲妻が走り、同時に激しい雷鳴が轟く。

その時、ごうっと火の手が上がる音がした。泣き叫ぶ女官の声が響く。

炎を纏った大きな影が、御殿の奥から躍り出てきた。

「あの化物……っ」

あたしは手のひらで口を覆う。

都の往来で行き会った、炎を纏った巨大な狗が御殿の中で暴れ回っていた。

姿が見えるだけでも四頭。

雷鳴と同じ声で吼え、炎を纏う四肢を格子や柱にぶつけている。

もしかしたら、ここから見えない場所にも、もっといるかもしれない。

「狗獰《くどう》が内裏にまで現れるか！」

千冬が身構えて腰の剣を抜き放った。千冬の横に、駆けつけてきた武官や特異の巫女達が居並び、腰の剣を抜き放って構える。

千冬の太刀と背中に守られながら、あたしは荒れ狂っている化物を息をつめて見据えた。

何かがおかしい。

自ら炎をまとっている化物は、炎にまかれて死ぬことは無い。それなのに、誰かを襲う様子も無く、ただ我を忘れたように暴れている。

燃え上がる格子や、御殿の壁に遮二無二体当たりをして火の粉を被り、崩れ落ちてくる梁や天井の木材に埋もれかけているのはおかしい。

往来でこの化物に襲われたとき、化物は間違いなく千冬一人を狙っていた。

でも今は、狂ったように暴れ回り、あたりを火の海にしているだけだ。

内裏を警護する武官も、怪を斬る特異の巫女も、激しい炎のせいで化物に近づくことが出来ない。

鋭く光る太刀を構えて女官達を逃がし、退路を守るのが精一杯のように見える。

──どうしよう。虹子を探さなくちゃいけないのに、いったいどこに行けば……！

目前まで迫った炎と暴れまわる化物から、じりじりと後ずさりながら、あたしは虹子の懐剣を胸の前で握り締めた。

その瞬間、目の前でフラッシュを焚かれたように視界が一変した。ここではない、極彩色に彩られた部屋の装飾がリアル過ぎるほどリアルに現れる。

そこは、四方に錦の掛かった御帳台の中だった。

黒檀の椅子に座って、顔を伏せている髪の長い女と、その前で抜き身の太刀を下げている虹子がいる。

虹子は、白一色の巫女装束。椅子に伏せている髪の長い女は、豪奢な金糸の入った深紅の衣装。

女の額には、精緻《せいち》な金細工の冠が光っていた。

──あれは、天照女帝!?

見たこともないのに、あたしには深紅の衣を着た若い女を天照女帝だと思った。

その前で太刀を抜いている虹子の姿に、嫌な予感が走る。

「清花、どうした!?」

千冬に肩を揺さぶられて、あたしははっと顔を上げた。

「虹子が、紅い衣の女の人の部屋にいる!」

「紅い衣……、帝の御座《おまし》か!」

いったが早く、千冬があたしの手を引く。燃えさかる高欄を避けて階を降り、激しい雨が降り続いている庭へ駆け出た。

一寸先も見えぬほどの激しい雨の中、あたしは千冬に連れられて駆ける。

息をつこうと唇を開くのも苦しい。

雨はあたりに植わっているはずの木々も、御殿の屋根も隠すくらい激しく、黒い幕のように風景を覆い尽くす。

雨を縫い、あたりを揺るがす雷鳴が轟く。

あたしは必死で駆けながら、先を行く千冬の姿を見上げた。激しい雨が隠そうとしても、千冬の姿だけは、はっきりと見える。

そしてたどり着いたのは、内裏の一番奥に建つ、ひときわ大きな寝殿だった。

あたしは先に階を登った千冬に引き上げられ、雨を吸って重い衣の裾を引きずって長廊下に立った。

二枚格子と妻戸で堅く守られている、寝殿の部屋の中は外から伺い視ることは出来ない。

あたしは千冬の後ろに立ち、雨の降り込める庭を振り返った。

先の御殿で上がってる炎は雨を透かせて赤く燃え上がり、焦げた嫌な匂いをここまで漂わせている。

炎は、激しい雨に打たれても消えない。早くなんとかしなければ、内裏がすべて灰になってしまう。

「行くぞ、清花」

千冬が振り返らずにいう。

あたしは返事をする代わりに、千冬の濡れた束帯の袖を掴んだ。

火の気配が近い。焦臭い匂いがきつくなり、あたしは眉をひそめる。

激しい雨の音を引き割いて、大きな稲妻と雷鳴が走った。御殿の中から、若い女の悲鳴が響く。

「今上、ここに御座《おわ》しますか!?」

妻戸を押し開き、中に駆け入った千冬の影で、あたしはついさっき視た通りの、錦の御帳台の中、黒檀の椅子に伏せていた若い女を見た。

漆黒の髪に黄金の平額を付け、微妙に深紅の色味を変えた重ねの衣を身につけている女が、千冬に気づき、はっと表情を変える。

泣き出しそうだった目が切なく揺らぎ、紅を塗り込んだ唇が小さく開く。「千冬の君……」と、掠れた声で呼んだ。

「我が君……。来てくださったのですね、信じておりました。千冬の君が、きっと助けに来てくださると……。ああ……晴れて婚礼の五度目の鳳が立った朝に、何故こんな怪異が……」

幽鬼のようにふらりと御椅子を立ち、深紅の衣を引きずりながら千冬の元へ縋ってこようとする。

あたしの中で黒い影がざわりと蠢いた。

その時、千冬が天照女帝を見据えたまま、後ろ手であたしの手に触れる。手のひらをぎゅっと握ってくれた。

あたしは大きく息をつき、千冬の背中に縋る。

千冬が、もう一度「今上」と呼んだ。

「とにかく、こちらに御座すのは危険です。警護の者共はどうされました。殿舎のまわりも御帳台のあたりにも、一人もいないのはおかしい」

「――――おかしくはありません、千冬様。私が全て下がらせたのです」

凛とした声がする。御帳台を囲む錦の後ろから、白一色の巫女衣装を着た虹子がゆったりとした足取りで現れた。

部屋の半ばまで出て来ていた天照帝が、はっとした顔で振り返る。微かに怯えた表情を見せた。

「虹子……、どうしましょう、千冬の君と言葉を交わしてしまったのよ。婚礼の夜まで、決して声を掛けぬ禁呪だったのに……。――いいえ、もう、呪は満ちたのかしら。おまえがかけた呪の通り、五度目の鳳が立ったのよ……。千冬の君とわたくしの婚礼の儀は、これで整ったのよね……？」

「ええ、鳳へかけた呪は、先ほど満ちております」

何の躊躇いもなく虹子がいい、巫女衣装をひるがえして天照女帝の元へ行く。その御前で膝を着き頭を垂れた。

「千冬様の邸へ通った鳳は今、死して内裏の穢れとなっております。呪の間、その魔に引き寄せられた化物が千冬様を何度も襲いましたが、早晩消えることでしょう。魔に囚われた化物は我が身さえも壊します。先ほど御殿に現れた化物で最後です」

「そう……それは良かった」

淡々と告げる虹子の言葉を、どこか壊れたような笑顔で聞く天照女帝の姿に、あたしはどうしようもない違和感を感じた。

おかしい、これが本当に天照女帝なの？　神々の裔にして高天原京を治める女帝が、こんな風に、意志の無い顔で笑うだけなんて。

あたしは、手の中の虹子の懐剣をぎゅっと握り締めた。

「……それ、天照女帝じゃないいんじゃないの、虹子」

考えるより先に言葉になる。

あたしは千冬の影に隠れるのを止めて、膝を着き頭を垂れている虹子を見据えた。

虹子が、あたしのいうことなんて、とうの昔に知っていたかのように顔を上げる。白一色の巫女装束の裾を払い、ゆっくりと立ち上がりながら腰の剣に手を掛けた。

「今上の御前で無礼な振る舞いをするならば、我が妹であろうと斬って捨てることになりますよ、清花」

静かすぎる声でいい、すらりと剣を抜き放つ。虹子の太刀は何度も化物を斬っているはずなのに、白刃に曇り一つ無い。

「清花、ここは下がっていろ」

千冬があたしの腕を掴み、もう一度自分の後ろに隠そうとする。だけどあたしは、頑として動かなかった。

「虹子、あたしに千冬を護れっていったのはなぜ？　虹子なら、あたしなんかに頼らなくても、自分で千冬を護れたはずでしょ」

そういうあたしを、強い瞳で虹子が見返す。ふっと、唇だけを微笑みの形にした。

「私は、日向社に召されているのですよ。千冬様お一人に仕えていられなくなったから、同じ母の血を継いだおまえを呼んだと何度もいったはずです。……私達の力は、世保平坂湖を越えます。この身を高天原京に置いたまま、おまえの目で視える幻となって名を呼び、おまえを世保平坂湖に落とした。……千冬様に拾っていただくためにね」

「じゃあ、これで抑えようとしていた、虹子の力ってなんなの!?」

虹子の懐剣を目の高さに掲げ、桜の象眼が施された鞘を抜き去った。

虹子が微かに息をのむ。

あたしは、鞘を抜いた懐剣の刃のきらめきが目に入った瞬間、萎えてしまいそうになる体に必死で力を入れる。ぐっとあごを上げ、虹子を見据えた。

「愛する人を死なせてしまう呪を抑える、大事な懐剣をあたしに預けてまで、千冬を護らせようとしたのはなぜ!?　あたしよりも先に、虹子は千冬を……」

「黙れ！」

言い捨てて、虹子が太刀を構え直す。その目に、見間違いよう無い殺気を感じた。

千冬が、懐剣を握っているあたしの手を掴む。視線だけを虹子に向けた。

「止めろ、虹子っ」

「いいえ、止めません。千冬様は、今上と婚礼の後、父帝として高天原京の最高位にまで上りつめていただかねばなりません。それを見届けるのが、私のたった一つの望み。呪をかけ、魔に引き寄せられた化物を我が手で斬り殺し、外《と》つ国から清花を呼び寄せた。私の代わりに、千冬様を御護りさせるため……」

「もう本当のことをいってよ、虹子！」

あたしを見た虹子の瞳が、なおいっそう暗く激しい色を帯びた。

「わかったような口をきくな、清花！」

太刀を上段に構えて叫ぶ。その虹子の腕に、それまで声も無く立っていた天照女帝が、怯えたように縋り付いた。

「まさか、おまえも千冬の君を想っていたというの!?　なんと愚かな！　おまえと千冬の君とでは身分が違う。千冬の君は、わたくしの夫になれるほどの高位の方。乳母の子として育ったおまえなど、千冬の君に相応《ふさわ》しくありません！」

「承知しております、私は決して……」

「そう、そうです！　千冬の君と添い遂げる者は、わたくし――」

虹子の腕を離し、ふらつく足取りで千冬の元へ歩み寄ろうとした天照女帝の顔がざらりと崩れはじめた。

深紅の濃淡で彩られた衣から、床に流れ落ちるように色が抜け、腰まである漆黒の髪の先から粉々になっていく。

――これは、森で崩れ落ちた鳳と同じ……!?

あたしは、音をたてて床に散らばった破片を見つめる。

かしゃん、と音がして、帝の額を飾っていた金の冠だけが、元の形のまま床に落ち、部屋の隅に転がってゆく。

「――虹子。おまえは天照女帝さえも、その手で斬って操っていたのか……」

抑揚のない千冬の声がする。

虹子が、はっとしたように目を上げ、けれど何もいわずに顔を伏せた。

ざく、と、音をたてて破片の山を踏みしめる。

「これは、私が創ったまがいもの……。それなのに、愚かにも自分を本物の天照女帝だと思い込んでしまっただけです。……千冬様を父帝にして差し上げるためには、天照女帝の形をしたものがひとつあれば事足りるはずだったのに。――また、清花に私の呪を砕かれてしまったようだ」

「なぜそこまでして、俺を父帝にしようとしたんだ、虹子!」

押し殺した声で叫ぶ千冬の声と重なるように、虹子が突然笑い出した。

そのヒステリックな笑い声を聞いていられなくて、あたしは手を耳にあてて首を振った。

「止めて、虹子!」

「虹子!」

千冬が、天照女帝だったものの残骸を踏みしめて笑い続けている虹子の元へ駆け寄ろうとする。

その瞬間、虹子が冷たい表情で顔を上げた。抜き身の太刀を千冬の胸に突き付ける。

息を止め、目を見開いてその場に踏み止まった千冬の元へ、あたしは無我夢中で駆け寄ろうとした。

虹子が、あと少し踏み込んだら千冬の胸を剣先が突き刺す距離を保ったまま、華やかに微笑む。

「私は絶対、千冬様を好きになりませんよ。そこにいる清花と違い、私は幼い頃から特異の力を自覚していました。過去を視、愛した者を死なせ続けた母の業を知っていて、どうして人を愛することなど出来ましょう。——その代わり、私は千冬様の誉《ほまれ》を望みました。千冬様を高天原京で最も高い位に置くためなら、どんなことでもするつもりだった」

「誉など、俺は望んでいなかった」

千冬が息を殺したまま、あたしを自らの体で庇うようにしてくれる。虹子から視線を外さず、突き付けられた虹子の太刀に、一歩近づいた。

それでも虹子は、太刀の先を千冬に向けたままだ。

あたしは千冬の背中に庇われながら、激しく咳き込んだ。御殿から移ってきた火の煙があたりにたちこめている。

もうすぐここにも火の手が回る、早く逃げなければ。

そう思いながらも、虹子から目を離すことが出来ない。

その時、千冬に太刀を突き付けている虹子の影が、ぐにゃりと大きく歪んだ。

ゆるゆるとうねる黒く大きな影が、頭をもたげる大蛇の形になる。

「――――っ！」

息をのんだあたしを庇い、千冬が自分の腰の太刀に手をかけた。

「止めろ、虹子。俺はおまえを斬りたくないんだ」

「……斬るのは私のほうかもしれませんよ？　今上がお隠れになってしまった今、居合わせた私達にどんな咎が下るか知れない。もし、千冬様が他の役人に斬られることになるのなら、ここで私が斬り捨てます！」

その瞬間、虹子を取り巻いていた黒い影が、ぶわっと膨れ上がった。

「駄目っ、逃げて、千冬！」

あたしは千冬を無理矢理押し退け、全身を黒い影に覆われてしまった虹子の前に立ちふさがった。

「清花、どけ！」

叫んで前に出ようとする千冬を、あたしは手に持ったままだった、虹子の懐剣を突き付けて制する。

千冬が、信じられないとでもいうように目をみはった。

あたしは、懐剣のきらめきのせいで萎えそうになる体を、精一杯奮い立たせて叫んだ。

「あたしは一度、大切な人を死なせてしまったの！　虹子には同じ思いをさせたくないっ、千冬を死なせたくないの！」

いった瞬間、あたしのすぐ横を白刃が過ぎた。

反射的に逃げたあたしは、黒々とした大蛇の影を揺らめかせて太刀を構える虹子に向き直った。

虹子が、半ば影の大蛇と同化しながらあたしを燃えるような目で見た。

「おまえに、なにがわかるのです、清花！」

「ダメ！　絶対にダメ！」

叫びながら、虹子の懐剣を握り直す。

今まで意識していなかった外の雨音が激しく階や高欄を叩いている。御殿が燃える焦臭い匂いは、もう我慢出来ないほど濃くなってきている。

大蛇の影と同化している虹子が、鋭い気合の声を上げて斬りかかってくる。

太刀から逃げることは出来ても、大蛇の黒々とした影の中にのみ込まれてしまう。

あたしは必死に虹子の懐剣を振り、大蛇の影を斬り裂いて床に転がり出た。

黒い大蛇の影の腹から、どくどくと血が流れ出している。影と二重写しになって見える虹子の白い巫女衣装の腹も鮮血が滲んでいた。

虹子が苦痛に顔を歪めながら、あたしを睨みつける。

怯みかけた体を奮い立たせて、あたしはもう一度虹子の懐剣を構えた。

血を流しているのはあたしじゃないのに、あたしの体にも虹子と同じ激痛が走る。

あたし達を結びつけている血が、虹子の苦しさや哀しさを全部あたしに流し込んでくる。

この地で虹子が一人耐えていたすべての重さが、あたしに涙を流させる。

虹子は、何も知らずに、大好きなお父さんとお母さんに育てられたあたしとは違う。虹子は、幼い頃から特異の力で自らの運命を知っていた。

愛する人を死なせてしまう血の呪を知り、そのせいで流転し続けたあたし達の母親のことも視てしまったんだ。

――だからこそ、あたしは虹子に愛する人を殺させたりしない！

顔を見たこともない母が、あたし達の力を抑えるために託していったこの懐剣で、絶対に虹子を止めてみせる！

血を流す大蛇の影と共に虹子が斬りかかってくる。

すんでのところで避け、あたしは床に膝をつく。そこへ再び虹子が斬りかかる。

とっさに突き出した懐剣で虹子の太刀を受け止めた時、あたしが掲げる懐剣の先から青白い火花が上がった。

あっと思う間もなく青い火花は炎となり、虹子の太刀を駆け上った。

血塗れた巫女装束に燃え移り、驚きに目を見張った虹子の頬を、髪を舐めるように焼いてゆく。

「虹子！」

千冬の叫び声が聞こえる。同時に、激しい熱風と共に、部屋の端の格子が炎に取り巻かれて倒れた。

「御殿の火が……」

思わず顔をかばったあたしは、しゅうしゅうという聞きなれない息の音に気付いた。はっと顔を上げ、絶望で目の前が暗くなる。

「そんな……っ！」

そこにいたのは、かつて虹子だったもの――巨大な大蛇が御座の錦をうち倒し、身をくねらせて頭をもたげている姿だった。

鋼のように硬質に光る鱗は白銀の色をしていて、動くたびに油を流したかのように濡れ濡れと光る。

白銀の大蛇が、虹子の髪と同じ漆黒の目を千冬にひたとあてた。

「ダメ、虹子っ！」

かっと開いた大蛇の口が千冬を捕らえようと襲いかかる。

あたしは考えるよりも先に、千冬の元へ飛び込んだ。手にしていた懐剣を力一杯振り上げる。

がつ、と懐剣を握った手が堅いものに当たった。

顔を上げようとしたが、生々しい血の匂いに意識が遠くなりかける。

懐剣を強く握り締めた手が、手首まで大蛇の喉に突き刺さっているのを見た。なま暖かい血が刃を伝い、手首を伝ってあたしの巫女装束を赤く染めてゆく。

白銀の鱗の大蛇に懐剣を突き差したまま立ち尽くしているあたしを、襲いかかってきた大蛇から逃れるように身を低くしていた千冬が見る。

驚愕に目を見開く千冬の視線を受け止めきれず、あたしはかつて虹子だった大蛇に突き立てていた懐剣を、力任せに引き抜いた。

「清花！」

千冬の声が、大蛇の喉から吹きだしてきた大量の血の音にかき消える。

全身になま暖かい虹子の血が降りかかり、あたしの手の中から、虹子の懐剣が滑り落ちた。

「こっちへ来るんだ、清花！」

差し伸べられた手に掴まれ、あたしは虹子の血で全身を濡らしたまま、千冬に強く抱き締められていた。

言葉は出ない。その代わり、後から後から涙が込み上げてくる。

「――――千冬、どうしよう。あたし……っ」

しゃくり上げながらいうあたしを、千冬が体全体で護るように抱きしめてくれる。千冬が、あたしの耳元で「仕方なかったんだ……」と呟いた。

あたりに火の気配が満ちる。

部屋の隅の格子から燃え広がった炎は、絢爛たる錦で飾られていた御帳台を舐め、床に広がる血に火影を映しながらごうごうと音をたてて燃えている。

あたしは千冬に抱き締められながら、炎がかつて天照女帝だった破片の小山と、白銀の鱗を煌めかせながら血に濡れている大蛇の姿の虹子、その横の血溜まりに落ちた虹子の懐剣をも、舐めるように燃えつくそうとしているのを見た。

駆け寄りたいと思うのに、足がすくんで動かない。目を見開いて、炎がすべてを焼き尽くすのを見つめることしかできない。

――張りつめていた意識が、遠のいてゆく。

耳元であたしの名を呼ぶ千冬の声を聞きながら、あたしはこの苦しさから逃げ出すかのように意識を手放した。

9

「まだ起きてはいけませんわ、清花」

幼い声が柔らかく耳に届く。

あたしは御簾の中でゆっくりと身を起こし、世保平坂湖の端から、わざわざ見舞いにやって来てくれた菊理の宮に頭を下げた。

「いいえ、本当はもう起きなきゃいけないんです。なのに、菊理の宮様の前でこんな姿で……すみません」

「謝ることなどありませんよ。清花は、一度にいろいろなことを見過ぎてしまったのですもの」

静かに呟いて、菊理の宮が口元を扇で隠す。

あたしは御簾の内に敷いた畳の上に座り直し、今まで掛けていた衾《ふすま》を横に押しやった。

御簾の影から庭を眺め、高く青い空を見上げる。

――内裏での怪異から、ほぼ一月が経っていた。

その間あたしは、千冬が所有する七条の邸で、寝たり起きたりの半病人のような日々を送っていた。

炎にまかれながら意識を失った後、気がついたら見知らぬ部屋に寝かされていた。

その時、枕元についていてくれた芙蓉が、あたしは三日間目を覚まさなかったのだと涙を浮かべていったのだ。

あたしは、それを他人事のような心持ちで聞いていた。

目の前に芙蓉がいて、塵《ちり》一つ無く整えられた邸に寝かされているのに、いつも微かに生臭い血の匂いがする。

あまり力が入らない手を掲げて眺めると、浄め残した血の汚れがついている。

そう芙蓉に訴え、また泣かれて、あたしは芙蓉にいうのを止めた。

血の匂いも汚れも、本当は染みついてなどいない。頭ではわかっている。けれど、感情が追いつかない。

幸いだったのは、内裏での怪異の後処理で、千冬がほとんど邸に戻ってこないことだった。

この七条の邸は、あたしが最初に見た壮麗で広大な二条の邸とは違う。あの新築したばかりの邸は、天照女帝が千冬の為にと建て与えたものだったのだという。

その話を聞いたとき、だから千冬は、この館は広すぎると苦々しい顔をしたのだと腑に落ちた。

あの邸を与えられたことで、政治的な後ろ盾が無い千冬は、朝廷の中で危うい立ち位置になっていたのだろう。天照女帝の一方的な寵愛は、政治的な混乱を招き寄せるものでしかない。

けれど終わってみれば、それは虹子が仕組んだことで……。

結局、あんな結末を迎えてしまったんだ。


ぼんやり庭を眺めていたあたしは、御簾の外で菊理の宮が小さく「可哀想に……」と呟く声を聞いた。あたしは、ぼんやりとうなずく。

「そうですね……。あたしも、本当はどうすることが一番良かったのか、まだわからないんです。ただ、虹子に可哀想なことをしてしまったって、そればかり思います」

「いいえ、わたくしが可哀想だといったのは、あなたのことよ。清花」

菊理の宮が、小さなため息をつく。

あたしは、はっと息をのんだ。すぐに表情を改めて、御簾の向こうの菊理の宮に微笑みかける。あの日以来、誰にでも向けている、心のない笑顔だと自分で思った。

「ありがとうございます、菊理の宮様」

穏やかな声でいったはずなのに、菊理の宮は子供のような拗《す》ね顔になった。扇で顔を隠し、ぷいと横を向く。

「清花は、すっかり大人になってしまいましたわ。わたくしの邸にいらしたときは、なんて元気な姫なのでしょうと頼もしく思ったのに」

「あの時は何もわからず、菊理の宮様に失礼なことばかりしてしまいました」

「ほら、少し前までの清花だったら、絶対にそんなしおらしいことをいわなかったわ。……ねえ、もう忘れてしまわなければ駄目よ」

拗ねたような調子で言いながら、さりげなく労りの言葉を重ねる。これが百年、世保平坂湖を見守り続けた、神々の裔なのだと思う。

菊理の宮が、扇をゆったりと膝の上に置いて、側にある脇息に寄り掛かった。

本来なら、高位である菊理の宮に上座を譲らなければいけない。でも、菊理の宮が伏しているあたしを気遣ってくれて、下座に座したままでいてくれた。

その代わり、部屋を設えた芙蓉が出来る限りのもてなしをと、脇息や御几帳、屏風など、品の良いものばかりで菊理の宮のまわりを囲んでいる。

その芙蓉は、この部屋からすでに姿を消していた。弱いながらも特異の力を持つ芙蓉は、人の気持ちを察することに長けている。

菊理の宮が、庭を眺めながらほっとため息をついた。

「結局、焼け跡からは畏れ多くも今上の御体は見つからなかったそうね。今回のことは怪異だけに、日向社の長が責を問われるところでしたけれど。怪異の後に行方知れずになった虹子はおろか、妖しの亡骸一つ出てこない。まあ、昔から妖し浄化の炎で焼かれれば跡形もなく消えると伝わっていますから。そんなものなのかもしれないのだけれど」

「じゃあきっと、あたしも焼かれたら何も残らず消えるんでしょうね」

「清花、いい加減に自棄になるのはお止しなさい」

ぴしりと叱りつけられる。あたしは微かに微笑んで「はい」と返事をした。

また、菊理の宮が「大人になってしまって……」と、嘆く。

からかうようでいて、どこまでも気遣ってくれる菊理の宮と話ながら、あたしはなんだか眠くなってしまった。

退屈をしているわけではなくて、楽しいと思っていても睡魔はあたしの意識をさらってしまう。

それに気付いたらしい菊理の宮が、疲れさせてしまったわね、少しお眠りなさいといってくれた。

恐縮しながらも抗い難い睡魔に負けて目を閉じたあたしが次に目を覚ましたとき、部屋は夕暮れの光が射し込んでいた。

菊理の宮が座していた円座には、千冬が座って庭を見ている。

「ああ、起こしてしまったようだな、清花」

千冬が御簾越しに微笑む。あたしは半身を起こし、まだぼんやりとしている意識のまま首を振った。

「さっきまで、ここに菊理の宮様がいらしたんだけど……。あれは夢だったのかな……」

曖昧な記憶をたぐり寄せてみる。でも、あたしには、何が本当で何が夢だったのか、境界線が見えてこない。

あの火事の後、あたしは毎日のほとんどを眠って過ごしている。

眠りに逃げ込んでいるだけだ……。そうわかっているけれど、まだ現実を直視できない。

千冬が、小さな吐息と共にいった。

「菊理の宮様は、清花が目覚めたら退出の挨拶もせずにすまないと伝えてくれ、とおっしゃってお帰りになった。そろそろ、清花を起こす頃合いだともいっていたな……」

一人ごちるように千冬がいう。

今、千冬は火事で消失した内裏の代わりに、かつて住んでいた壮麗な二条の邸を外内裏にと差し出していた。

元々、天照女帝からのお預かりの邸だからと、自らは都の外れにある七条邸に移り住んだので、都の貴族達からも一目置かれる存在になっているらしい。

そして今、都の貴族達の一番の関心事は、怪異の火事に巻き込まれてお隠れになった天照女帝の後の、次期女帝を擁立することだそうだ。

あたしは、御簾の向こうで夕暮れの庭を見ている千冬を見つめた。

「もうすぐ、夜がくるね……」

小さな声で呟くと、千冬が視線をあたしに向ける。手にしていた扇を閉じて、ゆっくりと立ち上がった。

「そうだな。そうして日々、繰り返し過ぎていく」

うん、とうなずきかけたあたしは、千冬が御簾をからげて中に入って来たのを、目を見ひらいた。

この邸に移ってから、一度も御簾のこちら側に入ってこなかったのに、どうして……。

「なんだ、そんなに驚くことか？」

少し困った顔をして、千冬があたしの横に座った。

びくっと体が竦むのは、一月ぶりに御簾を隔てず見た千冬の姿が、よりいっそう精悍《せいかん》になっている気がしたからだ。

あたしはなんだか落ち着かない気持ちになって、そっと目を逸らした。

「少し、びっくりしたけど……」

口ごもってしまったあたしの肩に千冬が手を置く。そっと引き寄せられ、両腕の中に抱かれた。

「これも、驚くことか？」

耳元で囁く声に反射的に首を振ってしまう。でもあたしは、もっとどうすればいいのかわからなくなった。

つい一月前に起こった様々なこと——死と炎で幕を閉じた怪異が、ありありと脳裏に浮かんでくる。頭を振って遠ざけようとしても忘れられない。

この手で殺した、虹子のことを。

「……一度に考えようとするな、清花」

心の内を読んだかのように、千冬が耳元でいう。

返事さえ出来ないでいるあたしを、いっそう強く抱き締めた。

「忘れろとはいわない。俺も、決して忘れない。だからおまえは、ここで生きて考え続ければいいんだ。ゆっくりと、全て自分が関わったことなんだと認められるまで」

「ここで、認められるまで……？」

言葉を繰り返しても、本当にそんな日がくるのか、あたしには想像することも出来ない。虹子がいなくなってしまった今、世保平坂湖を越えて、あたしが元の世界に戻る手立ては無いだろう。

あたしを元の世界のお父さんとお母さんに預けて姿を消した、実の母親の生死もわからない。その実の母が残してくれた懐剣は、一つは炎に焼かれて消え、もう一つは千冬が持ってくれている。

「ねえ、千冬。あたしが虹子みたいに大蛇に変わってしまったら、この懐剣であたしを殺してくれる……？」

抱き締められた千冬の胸のあわせに入っている、あたしの懐剣に手をのせる。千冬があたしの手を取って、そっと唇に押しあてた。

「絶対に、おまえをそんな風にはさせない。……俺を信じろ」

あたしは千冬の背に腕をまわし、精一杯の力で縋り付いた。涙が込み上げてきて頬を滑ってゆく。

「あたし……、ここにいてもいいの？」

「俺が、お前を離さない」

言葉少なに、しかしはっきりといってくれる。

あたしは千冬の腕の中で、暮れてゆく夕闇を見ないように目を閉じた。

千冬の手があたしの肩にそっと乗る。そのまま、御簾の内に敷いた畳の上に横たえられた。

この世界に来た時に肩までの長さしかなかったあたしの髪は、少しだけ伸びている。

千冬の長い指が、あたしの頬にかかった髪をそっと払った。そして涙で濡れたあたしの頬に手のひらを添えてくれる。

あたしは千冬を見上げ、眦に涙が溜まっているままの顔で微笑んだ。

「――千冬にこうされると……、安心する……」

千冬が、小さく頷いてあたしの頬に唇を触れさせる。あたしは、少しためらいながら腕を千冬の首に回した。

「俺もそうだ、清花……」

吐息混じりの声音が、あたしの耳に届く。

横たわったあたしの胸元の、衣の合わせから大きな手が入り込む。裸の胸をそっと手のひらのに中に収められた。

「あ……」

じんわりとした手のひらの温かさを感じるだけで、これから千冬に何をされるか知っているあたしの体は、勝手に火照《ほて》ってしまう。

あたしは、先走った快楽への期待にざわめく体を知られるのが恥ずかしくて、少しだけ千冬から逃げるように体を反らした。

しかし、あたしの体はすぐに千冬に片手で抱き止められた。胸元に差し入れられている手で、下から乳房を揉《も》まれてしまう。

「ぁんッ」

思わず上げてしまったあたしの声は、まるで胸を揉みしだかれるのを悦んでいるかのような嬌声だった。

恥ずかしくてたまらなくて、あたしは無駄だとわかっているのに、身を捩って千冬の下から逃げ出そうとした。

「――逃げるな、清花」

あたしを止める千冬の声は、無下に命じるものなのにひどく甘く響く。あたしは身動きができなくなってしまって、千冬に伸し掛かられたまま唇を噛んだ。

千冬が、未だに涙を浮かべているあたしの目を見下ろして微笑む。片手だけ差し入れていたあたしの胸元にもう一方の手も置いて、一気にぐいっと左右に割り開いた。

「ん……………！」

大きく開かれた衣の合わせから、両方の胸がこぼれ出る。とっさに手で隠そうとして、その手を掴まれた。

千冬が、強く掴んだあたしの両手首を引いて、あたしの裸の胸の上に乗せる。あたしは、手のひらで自分の胸を包み込まされ、驚いて千冬を見上げた。

千冬が、あたしの手の甲に自分の手を重ねる形で、あたしの胸をゆっくりと揉みはじめる。

「や……やだ、恥ずかしい……」

千冬の大きな手に手のひらごと包まれて、自分の裸の胸をぐにぐにと揉まされる、その感触は自分の手のものであるとわかっているのに、千冬に触れられて快感を引き出されたことを覚えている体は、どんどん火照ってしまう。

あたしの手のひらの中に収まりきれていない乳首が、乳房を強く揉まされるたびに上下に揺れて固くなる。

千冬が吐息だけで笑って、あたしの手を上から包んでいた手を離す。そのまま、あたしの胸の上に顔を伏せて、固くなっているあたしの乳首を喰むように咥《くわ》えた。

「――――ぁん……！」

乳首だけを熱い口腔内に咥え込まれ、舌でねぶり転がすように愛撫される。そしてもう一方の胸の先は、千冬の指で抓まれて、舌でされるのと同じように撫でられ、転がされた。

「やぁ……、んっ、…………ぁん……」

唾液を絡ませるようにして舌で愛撫されている方の乳首と、指で抓まれる方の乳首。両方同時に弄《いじ》られている、その僅かな痛みと、それを覆い隠してゆくじんじんとした快感のせいで、声を出してしまうことが止められない。

あたしは体の上に覆いかぶさっている千冬に胸を舐められながら、途切れ途切れに細く切ない声を上げ続けた。

弄られているのは胸だけなのに、あたしの体はもっと別の場所にも触れて欲しいといっている。

はじめて千冬に抱かれた時に感じた……ううん、それよりも前、菊理の宮の館ではじめてキスされたとき、お腹の奥がきゅうっとなった、その感じがどんどん強くなる。

「ん……、千冬……ぅ……。あたし……！」

「どうした？　して欲しいことがあるなら、いってごらん」

あたしの胸から少しだけ顔を上げて千冬が囁く。

唾液で濡れた乳首に吐息がかかり、あたしはふるふると身震いをしてしまう。顔から火が出るほど熱くて、恥ずかしくて堪らない。縋るような気持ちで千冬を見たけれど、淡い笑みを返されるだけだ。

あたしは、切ない気持ちを堪えるように両足をすり合わせた。じりじりとした疼きをどうすればいいのか、本当にわからなくて泣きたくなる。

千冬が、少し困ったかのような顔をして笑った。

「仕方ない……、清花は、その名の通りの清らかな姫だからな……。俺に抱かれて純潔を無くした後も、特異の力を無くさなかったほどに清らかだ」

「純潔……？　特異の力って……」

とっさに、はじめて千冬に抱かれた日のことをまざまざと思い出した。「許せ」といってあたしを抱いた千冬……。そして、虹子に「特異の巫女は純潔であらねばならないのに」といわれたことも。

「――じゃあ、あたしにあんなことをしたのは……」

千冬があたしを抱いたのは、そんな理由だったの……と、いおうとした唇が、千冬の唇で塞がれた。

すぐに唇を押し開かされ、あたしの舌に絡みついてくる千冬の舌の動きで、すべてを曖昧にさせられてしまう。

唾液が混じり合う深い口付けの、くちゅくちゅという水音が、まるで夢現の中の出来事のように聞こえる。

口づけを重ねながら、千冬があたしを抱き起こした。千冬があたしの背中を支える形で座り直す。

あたしは衣を肩まで開けられて、張りつめた両胸が衣から溢れ出ている淫らな姿で、背中からすっぽりと千冬に抱きすくめられた。

顎を長い指先で捉えられて、振り向くようにしてまたキスをされてしまう。

「ん……………ぁ……ん……」

口づけの合間に、唇からこぼれ出る甘い声を隠すことも出来ない。

あたしの顎を支えている千冬の手が、優しく頬を撫でてくれる。そしてもう一方の手は、衣の腰の合わせから布の中に忍び込んだ。

「――――ゃん……ッ、そこは……！」

思わず切ない声を上げてしまう。

千冬の長い指が、あたしの両足の間に差し入れられた。淡い茂みに隠された割れ目をすうっと撫でられて、これからくる快楽の予感に肌が粟立ってしまう。

「ほら、ここをどうして欲しい……？」

千冬があたしの耳元に唇を寄せた。耳たぶに唇を触れさせて、意地悪く問いかけてくる。

千冬の指は、あたしの恥ずかしい部分を隠している淡い茂みで止まっている。

そんなことをしたくないのに、あたしの腰はじれったさに疼いて僅かに揺れてしまう。恥ずかしくて堪らなくて、あたしはぎゅっと目を閉じた。

千冬があたしの耳元で、吐息だけで笑う。

「清花がして欲しいことだけしてやろう……。弄って欲しいのか、指を挿れて欲しいのか……、それとももっと別のものが欲しいのか」

甘い声音を囁きながら、あたしの衣の中に差し入れていた手を抜き去る。

一瞬、落胆して体から力が抜けたあたしの両足を千冬が改めて掴む。膝下に手を入れられて、膝を立てたまま、一気に左右に割り広げられてしまう。

「ッ……、なに……っ!?」

背中から千冬に抱かれて、膝を立てた両足を開かされてしまうと、緩んだ腰帯で留まっている衣が開けて下半身がすべて見えてしまう。

自分でちゃんと見たことさえない、あたし両足の間の秘めた部分に千冬が指を置く。すでに開いてしまってる割れ目を、人差し指と薬指で割り広げた。

「ほら、ここだ」

そういうと、人差し指と薬指で広げた奥にある、小さな突起を晒して見せる。ほんの小さな赤い粒が、誘うようにひくついていた。

「――――や、……んんっ……！」

千冬の中指が、あたしのその小さな粒を転がすように押した。

きゅんとするような強い快感に襲われて、あたしは無意識のまま腰を揺らめかせてしまう。まだ触れられてもいない、その粒より下のほうがじんわりと熱くなる。

はじめて千冬に抱かれたとき、熱く固い千冬のものを挿れられて、お腹の中をかき回された……そこから、千冬と再び繋がるための蜜が溢れ出てきてしまっている。

千冬の指が、あたしが堪らなくなる赤い小さな粒を指先で揺らして刺激しながら、あたしが溢れさせている蜜をすくい上げる。

「あぁ……ん…………」

たまらなく気持ちが高ぶってしまって、声を抑えることが出来ない。

千冬のもう一方の手が、あたしの太腿の下から両足の間に回された。そちらの手でも蜜を掬い上げ、襞を丁寧に押し開いてゆく。

きゅぅう、とお腹の奥の方が疼く。

はじめてキスをされたときに感じた、あの感じだ。

千冬に熱く滾《たぎ》ったものを挿れられて、千冬の固いものでお腹の奥を擦られると、体も頭も全部、気持ちよさでいっぱいになってしまう。

あたしは裸の胸もあらわに背中から千冬に抱き締められ、大きく開いた両足の間を、千冬の両手で愛撫されながら、切なく声を上げ続けた。

弄られ過ぎて敏感になった、小さな赤い粒は痛いほど疼く。

腰の下の衣がじっとりと濡れてしまうほど溢れた蜜が絡みついた千冬の指は、あたしの中にほんの少しだけ埋まったまま、ぬちぬちと卑猥な音を立てている。

「――もう、だめ……ぇ……」

まだ千冬の指先しか挿れられていない、あたしの体がビクンと震えた。

お腹の奥がきゅうっとして、膝を折って広げた足がひくひくと痙攣《けいれん》する。

「アッ、…………ぁ…………」

突然、上り詰めた強い快感を逃がす術も知らないまま、あたしは背中をしならせて逞しい千冬の胸にぐったりと体を預けた。はあはあと肩で息をする。

頭がぼんやりとして、体に力が入らない。

あたしを背中から抱き支えてくれている千冬が、荒い息をついているあたしの耳元に唇を寄せた。

「清花、イッた……。っていうんだ」

「イッた……？　あたしが……？」

振り返って千冬を見つめる。千冬が、小さく頷いた。

「そう、気持ち良かったろう？」

「――――ん……」

恥ずかしくて小さな声でしか返事が出来ない。

気持ちよかった。確かに、すごく気持ちが良くて意思が飛びそうになったけれど、あたしのお腹の奥の方で、まだ、きゅうっと疼いているところがある。

けれど自分ではどうすればいいのか、まったくわからなくて、あたしは途方に暮れそうになる。

千冬が、力が抜けたあたしの体を抱き直す。あたしを畳の上に座らせて、赤く上気した肌にまとわりつく衣を、丁寧に脱がせてくれた。

緩んだ腰帯を解き、腕から衣の袖を抜き去る。

腰の下に脱ぎ落とした衣をわだかまらせただけの、裸になったあたしの体は、日が沈みかけて薄暗くなった部屋の中で、ぼんやりと光るように白い。

「……………美しいな、清花。どんなに乱れても、おまえは清らかだ」

あたしの前に、片膝を立てて座った千冬が感嘆するようにいう。あたしは、まだ快感の震えが残っている裸の体を見下ろして、首を横に振った。

「そんなこと……ない。――――あたしは……」

そこまでいって、こくん、と息を呑んでしまう。

恥ずかしくて、いえない。

もっと抱いて欲しいなんて、これだけじゃ満足できないなんて、千冬のもので、お腹の奥をかき回して欲しいなんて……いえない。

どうしても何もいえなくて、あたしは唇を噛んでうつむいた。

「清花……。清らかなまま、もっと乱れさせてやろう」

薄暗い部屋の中に、千冬の静かな声が響く。そして、衣擦れの音が続いた。

はっと顔を上げたあたしは、千冬が自分の衣を脱いでいくのを見た。精悍な首筋と、細くしなやかな裸の胸が見えて、とっさに目を反らしてしまう。

それでも衣擦れの音は続いていく。

「千冬……。あたし、どうしたら……」

震える声で問いかけたあたしの手に、千冬の手が触れる。そのまま強く引き寄せられて、あたしは裸の千冬の胸に抱き込まれた。

衣越しでは感じることが出来なかった、千冬の鼓動を直接素肌で感じる。

あたしは無意識のまま、千冬の首筋に腕を絡ませた。しっかりした肩に頬を押し付ける。

千冬があたしに顔を上げさせて、何度目かわからないキスをした。

すぐに貪るような口づけに変わり、あたしは千冬の膝の上に座った姿勢で舌を絡めあうキスをする。

「――清花、俺のものを自分で挿れるんだ」

「え……………」

戸惑う声を上げたあたしの腰に、固く起立した熱いものが触れた。とっさにそれを見て、その形に身が竦む。

怯えたあたしの顔を見た千冬が、あたしの手を取って、自ら起立したものにそっと触れさせた。

「はじめて抱いた日、これで清花と繋がった……。覚えているだろう？」

あたしの手の上から手を重ね、その熱く滾っているものを握らせる。

あたしは眉を寄せて、ぎゅっと唇を噛んだ。

怖い……でも、本当に千冬と繋がれるのは……。

あたしは怯えて震える体をなだめるように息をついた。足を組んで腰を下ろしている千冬の腰の上に、膝立ちの形で跨ってみる。

後手で千冬の起立したものを掴み、あたしの中へ導きながら腰を落としていけば……。

そう思うのに、あたしは千冬の腰の上に膝立ちになったまま、震えるばかりで身動きが出来なかった。

乳房と尖った乳首を千冬の顔の前に晒して、素裸で千冬に中腰で跨ったまま、助けを乞うように千冬を見つめる。

千冬が、少し笑ってあたしの腰に片手を置いた。

「そんなに怖いか……？　大丈夫だ、すぐに善くなる」

優しい言葉と共に、あたしは腰を強く掴まれた。蜜でぬるぬるになっている襞の奥、ほんの少し前まで千冬の指を埋められていた膣口に、千冬の固く熱いものが触れて……。

「——ぁ……!!」

ずくりと、あたしは真下から大きなものに貫かれて、背筋を駆け上るような快感に喉を仰け反らせた。

「ぁ……あ、いぃ…………！」

ずくずくとあたしの中に沈んでいく、熱く固い千冬のもののせいで、あたしは熔けてしまいそうな気持ちになる。

あたしは無意識のまま腰を動かして、お腹の奥の、千冬のもので触れてかき回して欲しいところまで、深く繋がろうとする。

千冬が少し辛そうに眉を寄せ、腰の上で身を震わせているあたしの腰を抱き直した。

「そう急かすな……。すぐに、欲しいものをやる」

そう囁くと、あたしの腰を掴んだ手を緩やかに動かしはじめた。

「んッ……、あぁぁ、凄い……っ……」

お腹の奥の、堪らない部分に千冬の固いものが触れる。そこを中からぐりぐりと刺激されて、あたしは嬌声を上げた。

なんでこんなに気持ちがいいのかわからない。頭の芯がじんと痺れて、体がバラバラになりそうだ。

千冬と繋がっている部分は、すでに溢れすぎている蜜でじゅくじゅくと音をたてている。腰をゆすり揺すり上げられるたびに、あたしの胸が上下に揺れて千冬の頬を撫でる。

千冬はあたしの胸の間に顔を埋め、目を伏せてあたしの中で千冬自身をぎゅうぎゅうに充たしてくれていた。

あたしは、千冬を包み込んでいる内壁が、たまらない快感を貪ろうと千冬のものを絞り上げるのを感じた。

あたしのお腹の中の、堪らない快感がくる部分……子宮の入り口を、千冬のものの先端が何度も何度も押し上げる。

「――もぅ……もうダメ……ッ……」

びくん、とあたしの体が震えた。ほぼ同時に、あたしの中に熱い迸りが弾ける。どくん、どくんと、あたしの中に精が注ぎ込まれていく。

「清花……」

掠れるような声で名を呼ばれた瞬間、あたしはぐったりと千冬の体に身を預けた。

あたしの中で、千冬のものがまだひくひくと震えて、最後まで精を注ごうとしている。千冬が深い息を吐き出して、あたしの背をしっかりと抱いた。

「まだだ。これだけで満足したわけじゃないだろう……？」

あたしは千冬のものを体の中で感じている、深く繋がったままの体位で仰向けに寝かせられた。

「――――っー………！」

達したばかりで敏感過ぎる体が、角度を変えて中から突き上げられたことになり、あたしは声にならない悲鳴を上げる。

けれど、千冬のものはそれが刺激になったらしい。あたしの中で一度萎えた形が、むくむくと力を取り戻してゆくのがわかる。

あたしは再び、千冬のもので体の中をぎちぎちにされたのを感じながら、真上から見下ろしてくる千冬の優しい眼差しを、潤んだ瞳で見つめ返した。

千冬のもので貫かれて快感に声を上げ続けたせいで、唇が乾ききっている。強すぎる快感が切れ間なく続くせいで、頭の中はもう蕩けてしまっている気がする。

「千冬……好き………」

何も考えていないのに、甘い声音が唇からこぼれる。

あたしの中で、千冬のものがさらに力を取り戻して固くなった。

「不意打ちか、清花……」

少しだけからかうような声で囁いて、千冬があたしの乾いた唇に唇を重ねた。

繋がったままの部分を揺らされながら、甘いキスを何度も何度も受け止める。

あたしはもう、触れ合っている千冬の体と自分の体の境い目がよくわからなくなるような、圧倒的な快感に呑み込まれてしまっていた。

千冬の唇が、あたしの唇だけではなくて頬やこめかみ、耳や首筋、いろんな部分に何度も触れる。優しく吸い上げられて、赤い痕を残される。

その間もあたしは千冬の熱い力強いもので、体の中をいっぱいに満たされて揺すられていた。

あたしと千冬の重ねられた体の間で、あたしの乳房は押しつぶされるように揉まれている。

大きく開いた足の間で千冬の腰を挟み込み、あたしは喘《あえ》ぎ声を上げ続けた。

どくん、と再びあたしの中で千冬の精が迸る。

あたしは逞しい千冬の背中に腕を回して、涙がこみ上げてくるまま、声を上げて泣いた。

「泣くな、清花……」

あたしと同じように掠れた声で千冬が囁く。あたしは涙で濡れた目で、千冬をじっと見つめた。

この世界の湖に落ちてきたあたしを、助けてくれた人……。そして、命がけで愛してくれる人……。

「あたしだけ、こんなに幸せになっていいのかな……っ……」

汗ばんだ千冬の体に縋り付きながら、あたしは涙を流す。千冬があたしの眦から、そっと涙を拭ってくれた。

あたしの瞳を覗き込んで、静かな声でいう。

「お前はもう、幸せになるしかない。不幸を選んでも、虹子は喜ばない。俺の乳姉弟は、そういうやつだった」

「うん………」

千冬の言葉に、あたしは小さく頷いた。

幸せになることを恐れて、逃げちゃいけない。

逃げるのは、考えないでいるのときっと同じだ。逃げることに必死になっていたら、あたしはきっと、虹子を忘れてしまう。

あたしは、虹子を忘れない。あたしと同じ血を引いて、呪に呑み込まれてしまった人を……。

「――ありがと、千冬。あたし、幸せになる」

込み上げてくる涙を堪えながら微笑む。千冬が、涙の跡がついたあたしの頰を両手で包み込んでくれた。

「ああ、幸せにする。清花」

あたしは千冬を見つめて、しっかりとうなずいた。千冬が、あたしの裸の体を強く抱き締めてくれる。そして何度めかわからなくなるほどの、快感の絶頂に導いてくれた。

あの夜、見知らぬ少女が庭に立ったことからはじまった出来事が、今、終わろうとしている。

あたしはここで、千冬と一緒に夜が明けるのを待つ。

息が出来ないほどの抱擁に身を任せながら、あたしは深く息をついた。


【終】

あとがき

はじめまして、こんにちは。上原《うえはら》ありあです。

今回のお話、いかがでしたでしょう？　平安時代風異世界ラブストーリーで、私にとっては初のＴＬ作品です。

平安時代風異世界………、それに女の子主人公のラブストーリー……、ホントに書けるのかな……と、実は内心かなりドキドキしていました。

でも、書きはじめてみたら、あれ？　青年貴族ってかなり素敵！　主人公の清花、頑張って楽しい！　敵役の美少女、虹子の過去話とか考えると萌える！　みたいな（笑）

はじめてのジャンルを書くときって、書きはじめるまでが心のハードルが高いんですが、チャレンジしてみてよかったです。

チャレンジは大事ですね！　長くもの書きをしていると、ついつい書き慣れたものを書きたくなってしまいがちですが、今まで書いたことがないものの中にも、面白いものがまだまだ眠っているのかも……？　という気持ちになりました。

さて、このお話は平安時代風ということで。主人公、清花の衣装は重ねの色目が美しい十二単と、巫女風衣装をアレンジしたもの。

お相手の千冬の衣装も、平安貴族風だけど、烏帽子は無しで結い上げてない感じで！　と、イラストを描いて下さるODEKO《オデコ》先生に無茶なお願いをしてしまいました。

そんな私のリクエストに華麗に応えてくださったODEKO先生、本当にありがとうございます。感謝感激です。

担当のM様にも、本当にお世話になりました。何から何までありがとうございます。

この本を手に取って下さった、あなたにも。楽しく読んでいただけてたら、私はとても嬉しいです。

またどこかでお会いできますように。感謝を込めて。

上原ありあ

ロイヤルキス文庫
Royal Kiss Label

♥好評発売中♥

騎士団長と「仮」王宮生活!?
～ロイヤル・ファミリー～

立花実咲　Ill: えとう綺羅

白い肌に、薔薇が咲いた。私のものだという証拠だ。

グライムノア公爵こと近衛騎士団長ランドルフの妻になったエルナは夫から大切に可愛がられ & 夜ごと熱烈に求められ身も心もいっぱいに満たされる幸せな新婚生活を送っていた。そんなある日、国王マルクスから、しばらくの間、王宮に住んでほしいと頼まれ、王弟アンゼルムとの『仮』の主従契約を求められる。そこには仕掛けがあるようだった。その後、アンゼルム王弟の花嫁探しの舞踏会が開かれた席で、エルナはアンゼルムに連れていかれてしまう。マルクス陛下 × ソフィア王妃、イレーネ王女 × 新人騎士ヨハン、ロイヤルファミリーたちの恋の乱舞にも巻き込まれ、ひと波乱あり !? 夫の甘い嫉妬と激しい独占欲に、身も心も揺さぶられるエルナ。すれ違う二人の間に、新境地が開かれる !?　夫婦の絆が試される新婚協奏曲。

定価：本体 639 円 + 税

ロイヤルキス文庫をお買い上げいただきありがとうございます。
先生方へのファンレター、ご感想は
ロイヤルキス文庫編集部へお送りください。

〒102-0073　東京都千代田区九段北1-5-9-3F
株式会社Jパブリッシング　ロイヤルキス文庫編集部
「上原ありあ先生」係　／　「ODEKO先生」係

✦ロイヤルキス文庫HP ✦http://www.j-publishing.co.jp/royalkiss/

Royal Kiss Label

青年貴族に愛されて、妖しの異界で姫君になる。

2018年1月30日　初版発行

著　者　上原ありあ

発行人　神永泰宏

発行所　株式会社Jパブリッシング
〒102-0073　東京都千代田区九段北1-5-9-3F
TEL　03-4332-5141
FAX　03-4332-5318

印刷所　中央精版印刷株式会社

ISBN978-4-86669-066-7　Printed in JAPAN